Le guerrier des sables

JACKIE ASHENDEN

Le guerrier des sables

Traduction française de

ANNE DAUTUN

AZUR

HARLEQUIN

Collection : Azur

Titre original :
THE INNOCENT CARRYING HIS LEGACY

HARPERCOLLINS FRANCE
83-85, boulevard Vincent-Auriol, 75646 PARIS CEDEX 13
Service Lectrices — Tél. : 01 45 82 47 47 - www.harlequin.fr
ISBN 978-2-2804-6763-6 — ISSN 0993-4448

Composé et édité par HarperCollins France.
Imprimé en décembre 2021 par CPI Black Print (Barcelone)
en utilisant 100% d'électricité renouvelable.
Dépôt légal : janvier 2022.

FSC
www.fsc.org
MIXTE
Papier issu de sources responsables
FSC® C159065

Pour limiter l'empreinte environnementale de ses livres, HarperCollins France s'engage à n'utiliser que du papier fabriqué à partir de bois provenant de forêts gérées durablement et de manière responsable.

1.

Le cheikh Nazir al-Rasul, maître d'une des armées privées les plus puissantes et les plus secrètes du monde, et guerrier dans l'âme, décocha un regard dur à son garde. Celui-ci était jeune, encore adolescent même, mais il portait fièrement son uniforme noir et or.

Il ne manquait pas de cran. Mais Nazir avait donné des instructions strictes : il ne fallait pas le déranger. Tout juste de retour à Inaris après une opération très délicate destinée à déjouer un coup d'État dans les Balkans, et privé de sommeil depuis deux jours, il n'était pas d'humeur à tolérer qu'un soldat à peine sorti du berceau désobéisse à ses ordres.

Nazir releva le menton – ce qui était toujours un signe d'avertissement pour ses officiers.

— Ai-je dit qu'il était permis de me déranger ?

Le jeune homme pâlit.

— Non, commandant.

— Dans ce cas, expliquez votre présence. Tout de suite !

Mal à l'aise, le garde dansa d'un pied sur l'autre.

— Vous avez demandé à être averti s'il y avait du nouveau.

Nazir était si las qu'il mit un instant à saisir de quoi il retournait. Le garde parlait de la visiteuse indésirable qui s'était présentée aux portes de sa forteresse. Cela n'avait rien d'inhabituel. Beaucoup tentaient le voyage jusqu'à son fief en plein désert, bravant les rumeurs terrifiantes que Nazir lui-même avait répandues pour décourager les visiteurs désireux d'intégrer son armée, de quêter son aide ou sa protection. Passé maître dans l'art de la guerre, en particulier du corps-à-corps, il était reconnu pour son expertise, souvent sollicitée.

Il refoulait quiconque se présentait aux portes de sa forteresse, ce qui, hélas ! ne décourageait pas les audacieux. Quoi qu'il en soit, c'étaient généralement des hommes. Cette fois-ci, il s'agissait d'une femme. Elle était arrivée depuis plusieurs heures, flanquée d'un guide local qui aurait pourtant dû la dissuader.

Nazir, peu enclin à faire une entorse à la règle qu'il s'était fixée, avait ordonné à ses gardes d'ignorer cette femme. En général, les gens s'en allaient après quelques heures. L'attente devant les portes sous le soleil écrasant du désert était plus dissuasive que les armes ou les chiens.

Gagné par l'irritation, Nazir ignora ce sentiment. Un bon chef ne se laissait jamais affecter par ses émotions ou son inconfort physique. Or, il était un bon chef. Excellent, même.

— Qu'y a-t-il de changé ? demanda-t-il, imperturbable.

— Eh bien…, dit le garde avec hésitation, il apparaît qu'elle est enceinte, commandant.

Nazir le fixa, incapable de saisir de quoi il retournait.

— Enceinte ? Comment ça, enceinte ?

Le garde ouvrit la bouche, la referma, haussa une épaule. Enfin, il se ressaisit et dit en se redressant :

— Elle a demandé de l'eau et… une ombrelle. Parce qu'elle est enceinte, a-t-elle précisé.

— Elle ment. Ne faites rien.

— Commandant…

Le garde arrondit le bras devant son ventre.

— Sa grossesse est visible à la caméra.

Nazir était épuisé. Il venait de superviser une opération sensible et, déjà, les gouvernements de deux pays requéraient ses services, sans parler de toute une série d'enquêtes privées à mener. Il avait besoin de dormir, et non d'avoir à gérer une énième idiote qui se présentait à sa porte pour demander Dieu savait quoi. Enceinte, qui plus est !

— Ne faites rien, répéta-t-il. Lui céder serait encourager d'autres importunes comme elle. Quant à la grossesse, il n'est pas difficile de la simuler.

— Elle vous a appelé par votre prénom, commandant.

Nazir demeura insensible.

— Oui, comme toutes les autres.

Après tout, les risques qu'il engendre un enfant non désiré étaient proches de zéro, puisqu'il faisait toujours preuve de prudence lorsqu'il s'accordait des moments sensuels – ce qui ne lui arrivait pas si souvent. S'il nourrissait ses instincts physiques les plus primitifs, un homme s'affaiblissait.

Des éclats de voix résonnèrent dans le couloir, suivis de pas précipités. Un autre garde apparut, l'air affolé. Il s'immobilisa devant la porte et, claquant des talons, se mit au garde-à-vous.

— Commandant, la jeune femme s'est évanouie, dit-il, essoufflé.

— Conduisez-la au poste de garde, ordonna-t-il sans laisser percer sa mauvaise humeur. Je m'occuperai d'elle là-bas.

Les deux gardes saluèrent, puis disparurent dans le couloir.

Réprimant un juron, Nazir enfila le kimono de karatéka qu'il avait abandonné dans un fauteuil, en noua lâchement la ceinture et sortit.

Sans cesse, des visiteurs se présentaient aux portes de la forteresse, mais il ne les autorisait jamais à entrer, et n'avait pas envie de déroger à la règle. Surtout avec une femme qui s'était évanouie après avoir demandé une ombrelle ! C'était probablement une stupide touriste au courant des rumeurs qu'il avait cultivées pour rebuter les gens – sur le brutal chef de guerre et son armée d'assassins ramassés dans les prisons du monde qui menaient une vie nomade dans le désert pour ne pas être repérés et ignoraient la pitié !

Ce genre de rumeurs remplissaient bien leur office, car elles avaient une part de vérité. Nazir était un chef de guerre farouche, et si la pitié ne lui était pas étrangère, il n'en voyait tout simplement pas l'utilité. La vie nomade et les tueurs à sa solde étaient un mensonge, mais cet écran de fumée décourageait la plupart.

Visiblement, cette femme insensée ne s'était pas laissé impressionner. Nazir était sûr d'une chose, en tout cas : elle n'était pas enceinte. Si elle attendait réellement un enfant, alors, elle serait encore plus folle qu'il ne le supposait. Car quelle femme se serait lancée à sa recherche au beau milieu du désert pour attendre ensuite en plein soleil pendant plusieurs heures ?

Nazir sortit de la grande forteresse en pierre qui était son foyer et traversa la cour poussiéreuse en direction du petit poste de garde proche des imposantes grilles en fer forgé.

C'était un bâtiment massif, équipé comme toute la forteresse d'appareils de surveillance high-tech. Il bénéficiait de l'air conditionné – contrairement au bâtiment principal aux épais murs de pierre qui protégeaient de la chaleur –, car sous ces températures torrides Nazir préférait que ses hommes soient au frais, surtout pendant le service.

Les deux gardes au-dehors le saluèrent, et Nazir, par habitude, les inspecta du regard. Lors des très fortes chaleurs, les hommes de garde étaient relevés toutes les heures et, à en juger par leur teint écrevisse, ces deux-là n'allaient pas tarder à l'être. C'étaient de nouvelles recrues qui voulaient faire leurs preuves, ce qui amenait souvent des complications.

— Prenez soin de vous désaltérer après la relève, leur

dit-il. Des soldats incapables de veiller sur eux-mêmes ne me sont d'aucune utilité.

— Bien, commandant, répondirent-ils en chœur.

Nazir poussa la lourde porte métallique du poste et entra. Il y avait un garde près de la porte, un autre devant la rangée d'écrans et d'ordinateurs qui surveillaient sans cesse tous les secteurs de la forteresse. L'inconvénient d'être le commandant en chef d'une armée privée était d'avoir de nombreux ennemis. Beaucoup de gens auraient voulu voir disparaître Nazir, et son armée. À jamais.

Sa forteresse ne figurait sur aucune carte et ses communications étaient cryptées. Pour le reste du monde, elle n'existait pas. Pourtant, des gens tentaient encore de la localiser, et de trouver Nazir.

Ils échouaient toujours. Le désert était son meilleur allié quand il s'agissait d'éliminer ses ennemis.

Bien sûr, il restait des êtres résolus qui ne se laissaient pas arrêter par le sable et la chaleur torride. Des êtres tels que cette jeune femme entêtée !

Les deux soldats se mirent au garde à vous dès que Nazir entra. Il les ignora pour se rapprocher du lit de camp où la visiteuse évanouie était étendue.

Elle était petite, la silhouette et les cheveux dissimulés par de longs vêtements, sûrement achetés au bazar touristique de Mahassa, car le coton fin et de mauvaise qualité n'offrait qu'une protection illusoire contre le soleil. Ses cheveux aussi étaient couverts d'une pièce de coton, mais son visage n'était pas voilé. Elle avait un menton pointu, un petit nez et des sourcils noirs au dessin droit. Il y avait quelque chose de presque félin dans ses traits, mais sa bouche pleine, boudeuse et sensuelle arrêtait le regard, malgré ses lèvres craquelées par le soleil.

Ses cils épais reposaient, immobiles, sur ses joues hâlées... En fait, non, ils n'étaient pas immobiles, et Nazir entrevit sous leur épaisseur une faible lueur.

Un étrange et délicieux frisson le parcourut, dont il n'aurait su identifier ni la nature ni le sens. Il savait seulement que cette femme n'était pas inconsciente. Elle l'observait.

Ivy Dean avait failli faire semblant de revenir à elle lorsque la porte du poste de garde où on l'avait emmenée s'était ouverte et qu'était entré l'homme le plus grand et le mieux proportionné qu'elle eût jamais vu. Elle en avait eu le souffle coupé, et la peur, qu'elle n'avait pas ressentie pendant le long et frustrant voyage qui l'avait menée des terres pluvieuses d'Angleterre au climat torride d'Inaris, l'avait soudain envahie.

Ce n'était pas seulement dû à sa haute taille – plus d'un mètre quatre-vingt-dix – ni au fait qu'il était bâti comme un pilier de rugby ou, plutôt, comme un gladiateur de la Rome antique. Cela tenait plutôt à ce qui émanait de lui et qu'elle avait ressenti comme une turbulence dès qu'il était entré. Un danger. Un danger terrifiant. Il irradiait la violence. Une violence déchaînée, sauvage, de dragon défendant son trésor. Et elle était le petit animal qu'on lui jetait en pâture.

Elle resta immobile sur le lit de camp, retenant son souffle et regrettant d'avoir feint l'évanouissement alors qu'il la dominait de toute sa hauteur, car il était évident qu'il ne serait pas dupe de sa comédie. C'était le genre d'homme à qui rien n'échappe.

À travers ses cils, elle entrevoyait un visage qui semblait avoir été sculpté dans le granit. Il avait un nez busqué, des pommettes bien dessinées, une mâchoire carrée. Sa bouche bien modelée qui aurait pu être sensuelle était aussi dure que le reste de ses traits. C'était un visage rude, intensément viril.

Ce qui la terrifiait, c'étaient ses yeux d'une surprenante couleur, un bleu turquoise clair, et frangés d'épais cils noirs.

Elle avait vu de tels yeux dans le bazar de Mahassa, sur les visages des descendants des antiques tribus nomades du désert, et ils étaient singuliers et beaux. Mais chez cet homme, le bleu était aussi glacé que les toundras du Nord. Ce regard était sans pitié. Sans bonté. Sans chaleur humaine.

Cet homme était un fameux chef de guerre, un cheikh terrible et cruel qui rôdait dans le désert avec une armée d'assassins et enlevait des hommes et des femmes pour les revendre à un réseau de trafiquants. Quand ils ne les tuaient pas sur place…

« N'allez pas dans le désert, mademoiselle, lui avait-on dit à l'office du tourisme. Personne ne s'y aventure. »

Mais ils ne pouvaient pas comprendre. Elle *devait* trouver cet homme. Même si elle ne l'avait pas voulu, même si cela allait à l'encontre de tous ses instincts protecteurs.

Elle se devait d'essayer, pour Connie.

Penché sur elle, il la fixait désormais d'un air impitoyable, et Ivy en eut la bouche sèche. Incapable de se contenir, elle posa la main sur son ventre déjà rond.

Le regard de prédateur du cheikh perçut ce mouvement, et il se redressa, la toisant de toute sa hauteur.

— Arrêtez de faire semblant ! dit-il dans un anglais parfait et sans accent. Je sais que vous êtes consciente.

Il avait une voix profonde, grave et dure, à l'instar de ses traits, et la remarque qu'il venait de faire était impérieuse. Il était accoutumé à donner des ordres, bien sûr, et possédait une autorité naturelle, sans arrogance. Ivy se surprit à s'étirer et à ouvrir les yeux avant même d'en avoir conscience.

L'homme l'enveloppa de son regard glacial tandis qu'elle s'asseyait. L'estomac noué par la peur, elle garda la main sur son ventre, comme si cela pouvait protéger la petite vie qu'elle portait en elle contre cet homme, et aussi contre sa propre peur.

Mais céder à ses émotions ne la mènerait à rien, et son

instinct le plus primitif avait beau lui crier de prendre ses jambes à son cou, elle resta où elle était. De toute façon, elle n'irait pas loin dans une forteresse remplie de soldats. D'ailleurs, où serait-elle allée ? Dehors, il n'y avait que le désert, et son guide l'avait abandonnée dès qu'il avait compris qu'elle voulait bel et bien pénétrer dans la citadelle.

Quoi qu'il en soit, elle devait ne manifester aucune peur. Face à un prédateur, trembler et fuir, c'était se condamner à se faire dévorer.

Ivy, qui se sentait glacée, ignora ses sensations, tout comme elle ignora le fait que cet homme, maintenant à quelques pas de distance, parvenait encore à la dominer de sa haute stature.

— Je devrais vous remercier pour…

— Votre nom et le but de votre venue, la coupa-t-il d'un ton autoritaire.

Bon, si elle avait réellement affaire au cheikh Nazir al-Rasul, – et elle se doutait que tel était le cas –, elle devait faire preuve de tact, sans pour autant se laisser intimider. En Angleterre, elle dirigeait un foyer pour enfants, dont certains avaient de graves problèmes psychiques et comportementaux, et n'avait aucun mal à les tenir. Un homme seul, fût-il aussi impressionnant que celui-ci, n'aurait pas l'ascendant sur elle.

— Très bien, dit-elle se forçant à rencontrer le regard glacial de son « adversaire ». Je m'appelle Ivy Dean. Je suis connue du consulat britannique de Mahassa, qui sait où je me trouve. Si je ne suis pas de retour d'ici à quelques jours, on saura aussi pourquoi.

Il ne dit rien, continuant à la fixer de son regard froid, imperturbable, tandis qu'elle restait assise sur le lit de camp.

— Je suis venue pour m'entretenir avec le cheikh Nazir al-Rasul, continua-t-elle avec détermination. Il s'agit d'une affaire privée.

L'homme restait immobile, on aurait pu le prendre pour une statue de pierre.

— Quelle affaire privée ?

— Cela ne regarde que moi et M. Al-Rasul.

— Parlez.

Il n'avait pas changé de ton, mais si les paroles qu'il avait prononcées jusque-là s'apparentaient à des ordres, cette fois c'était une injonction impérieuse.

Elle aurait dû battre en retraite. N'importe quelle femme sensée se serait montrée docile, surtout après avoir patienté debout au soleil pendant des heures afin de s'entretenir avec un homme redoutable, et redouté.

Mais Ivy avait passé plus de deux semaines à Mahassa, en quête d'un guide qui l'emmènerait à la recherche du mystérieux chef de guerre. Elle avait dépensé toutes ses maigres économies pour le trouver et n'allait pas renoncer si près de son but. En fait, si elle voyait juste, son « but » se tenait là, devant elle. Cependant, elle devait s'assurer qu'il était bien celui qu'elle cherchait. Sinon, tout pourrait se terminer fort mal, pour elle et pour le bébé qu'elle portait.

Ivy ramena les mains sur ses genoux, affichant la mine sensée et résolue qu'elle opposait aux ados récalcitrants du foyer d'accueil.

— Je ne parlerai qu'à M. Al-Rasul, dit-elle avec fermeté. J'ai précisé qu'il s'agit d'une affaire privée.

Cette fois encore, il n'y eut aucun changement dans l'expression de l'homme, qui n'esquissa pas un mouvement. Il lui sembla pourtant que l'ambiance était encore plus glaciale dans le poste de garde. Les soldats au garde-à-vous s'étaient raidis, leur agitation était perceptible.

Nul ne désobéissait à cet homme, apparemment.

Ivy fut parcourue d'un frisson de peur, en même temps qu'une autre sensation, inédite, lui fouettait le sang. L'excitation. Ce qui était absurde. Elle était seule dans une forteresse remplie d'hommes qui n'auraient pas hésité à la tuer. Elle avait beau avoir mentionné avec assurance le consulat britannique, ses officiels ne pourraient rien pour elle, si ça tournait mal.

Cela n'avait rien d'improbable à en juger par les rumeurs qui couraient sur l'homme qui lui faisait face. Elle n'avait donc aucune raison d'éprouver de l'excitation… à moins que ce ne fût une attente impatiente à l'idée de « croiser le fer » avec un caractère aussi bien trempé que le sien.

La grossesse avait peut-être un drôle d'effet sur elle. Justement, l'autre jour, elle disait à Connie…

Connie. Ivy eut un accès de chagrin, qu'elle refoula aussitôt. Le moment était mal venu. L'ultime vœu de Connie avait été qu'elle voie M. Al-Rasul, et c'était ce qu'elle ferait. Puis, lorsque tout serait fini, elle pourrait pleurer son amie.

— Vous n'avez pas compris, reprit l'homme d'une voix nette et glaçante. Vous allez me dire de quoi il s'agit. Tout de suite !

Ivy refusa de se laisser intimider.

— Cela ne regarde que M. Al-Rasul.

Il y eut un éclat inquiétant dans le regard de l'homme.

— Je suis le cheikh Al-Rasul.

Évidemment. Elle l'avait su dès qu'il avait posé les yeux sur elle.

— Prouvez-le, dit-elle cependant.

L'atmosphère, déjà glaciale, se refroidit encore, et les deux gardes se figèrent plus encore, comme des lapins sous le regard d'un faucon.

Pourquoi le défies-tu ? Aurais-tu perdu la tête ?

Ce n'était pas impossible. Elle avait peut-être une insolation. Le contrecoup de ces derniers jours à Mahassa, où elle s'était épuisée à suivre de fausses pistes, se faisait peut-être sentir.

Pourtant, elle ne pouvait pas reculer. Le sort de l'enfant qu'elle portait dépendait d'elle. Et si elle était capable de toiser une bande d'ados chapardeurs, elle pouvait aussi tenir bon face à un seigneur de la guerre de sinistre réputation.

L'homme continua à la fixer sans ciller. Puis il inclina à peine la tête, et le garde placé à sa gauche énonça soudain en anglais, avec un fort accent :

— Vous vous adressez au commandant, le cheikh Nazir al-Rasul, mademoiselle.

— C'est cela, votre preuve ? lâcha Ivy. L'affirmation d'un de vos gardes, visiblement terrorisé par vous ?

— Vous n'en aurez pas d'autre, dit Al-Rasul.

Son regard se fit plus aigu, plus intense et concentré, et Ivy, le souffle coupé, entrevit, alors qu'il tombait le masque, ce qu'avait dissimulé son expression figée.

La mort. Le chaos. La violence. Le danger. Cet homme était un tueur.

— Vous allez me dire le but de votre visite, reprit-il d'un air impassible. Sinon, je vous fais jeter dehors, et vous retrouverez seule votre chemin jusqu'en ville

Ce qui serait un arrêt de mort, ils le savaient tous les deux. Cette fois, Ivy eut plus de mal à refouler sa peur, et lorsqu'elle lissa sa tunique sur son ventre, ses mains tremblaient.

— Très bien, dit-elle avec autant de calme que possible. Mais comme je l'ai indiqué, il s'agit d'une affaire privée.

— Vous n'avez pas à vous soucier de mes gardes.

Fort bien. Il fallait en finir, et le plus tôt serait le mieux. Elle prit une grande inspiration et rencontra le regard féroce du cheikh.

— Je suis enceinte. Et je suis venue vous informer que l'enfant est de vous.

2.

Une onde de choc parcourut Nazir. Puis son sens logique reprit le dessus.

Elle mentait. Il ne pouvait pas concevoir la raison de ce mensonge, mais elle mentait. Quand il s'accordait des ébats avec une femme, il se protégeait toujours scrupuleusement. Les enfants ne faisaient pas partie de son avenir. Il n'en voulait pas. On l'avait formé à devenir soldat, et c'était là sa vie. Une femme et des enfants n'y avaient pas de place.

Indépendamment de cela, il se souvenait de chaque femme avec laquelle il avait couché, et il n'avait pas couché avec celle qui était assise devant lui, les mains sur les genoux.

S'il n'avait pas oublié comment on riait, il aurait éclaté de rire.

— Laissez-nous, ordonna-t-il avec calme aux deux gardes, qui ne demandaient qu'à quitter les lieux.

Inutile qu'ils perdent un temps précieux à écouter les propos insensés de cette femme. Ils sortirent à la hâte.

La visiteuse – Ivy Dean – ne bougea pas et ne détourna pas le regard.

Non, elle n'était pas de celles qu'il aurait mises dans son lit. Elle était petite, et sa délicatesse interdisait les rudes ébats qu'il appréciait. Il préférait les guerrières, les femmes dont il n'avait pas à s'inquiéter de les blesser par mégarde, capables de se défendre au lit et en dehors.

Pourtant, il ne niait pas qu'il avait été presque… intrigué

par son refus de lui obéir et sa façon de redresser son petit menton pointu en signe de protestation.

Hélas pour elle, si têtue qu'elle soit, c'était lui qui commandait, ici ; et si, physiquement, elle n'était pas une menace pour lui, elle pouvait en être une autrement. Il avait de nombreux ennemis, et l'un d'entre eux, ou un pays hostile, se servait peut-être d'elle pour l'atteindre. La tactique serait inédite, mais on ne pouvait rien négliger, et cette femme était hautement suspecte. Il devait donc découvrir la véritable raison de sa présence.

— Vous mentez, dit-il d'un ton neutre.

— Non, je ne mens pas.

— Prouvez-le.

Sa jolie bouche esquissa une moue alors qu'il lui retournait sa réplique. Il ne l'avait pas imitée consciemment, c'était sorti tout seul.

— Très bien, fit-elle.

Elle se leva du lit de camp non sans vaciller un peu, instable sur ses jambes. Qu'elle eût feint un évanouissement ou non, l'attente sous le soleil torride l'avait marquée. Le garçon qu'il avait jadis été s'en serait soucié, mais l'homme qu'il était devenu n'avait aucune place dans le cœur pour de telles inquiétudes. Il fut donc quelque peu surpris de tendre le bras pour la retenir par le coude.

Elle eut un soupir étranglé et se figea. Ce son léger se répercuta dans la pièce étroite, et Nazir n'y resta pas insensible. Elle était chaude à son contact et, en dépit de ses traits anguleux, très douce.

Perturbé par sa réaction, Nazir la relâcha. C'était étrange d'être… affecté ainsi. Il était maître de lui et de ses impulsions, n'était pas habitué à avoir une réaction physique qu'il ne contrôlait pas tout à fait. C'était peut-être l'effet de la fatigue. Il avait réellement besoin de dormir.

Ivy Dean s'écarta vivement comme si elle avait hâte d'instaurer une distance entre elle et lui, et se dirigea vers un vieux sac en cuir abandonné dans un coin, contre le bureau. Elle devait l'avoir avec elle lorsque les gardes l'avaient amenée.

Parvenue près du sac, elle se pencha et fouilla dedans. Un instant après, elle se redressa et se tourna vers lui en brandissant une liasse.

— Tenez, dit-elle d'une voix douce et légère avec quelque chose d'inflexible. Votre preuve.

Nazir prit les documents et les survola du regard. Le premier feuillet émanait d'une clinique anglaise de procréation médicalement assistée, et y figuraient, noir sur blanc, ses caractéristiques physiques et personnelles, et son nom. Il y avait aussi les résultats d'un test en paternité ainsi qu'une note personnelle, rédigée d'une main tremblante.

Il se sentit glacé.

Elles étaient loin, ses trois années à Cambridge. L'époque où il échappait à la main de fer de son père, loin du palais, de ses règles et de ses restrictions. Il ne voulait pas s'y rendre, au départ, parce qu'on lui infligeait alors une punition au lieu de lui accorder une liberté. Mais son père avait insisté, et il avait dû partir. Il avait décidé que puisqu'il était puni, eh bien ! il jouirait à fond de ce châtiment. Il avait dix-huit ans, alors, et était passionné, résolu à croquer la vie à pleines dents et à multiplier les expériences. Et il ne s'était pas gêné.

Il avait toujours su qu'il ne serait jamais père, qu'une vie de famille lui était interdite. En tant que fils illégitime de la sultane – le « bâtard secret » –, il lui était interdit de souiller plus encore la lignée royale en engendrant une descendance. Ça avait été pour lui une blessure cuisante, même s'il était alors trop jeune pour fonder une famille. Dans une nuit de beuverie et de défis stupides lancés à des amis, il avait perdu au poker et s'était engagé à faire un don de sperme. Ils n'étaient que de jeunes écervelés, mais une part de lui-même avait éprouvé une sorte de plaisir pervers à l'idée qu'il aurait tout de même un enfant, en dépit du diktat de son père.

Puis il était rentré à Inaris, et à la suite de tout ce qui s'était passé alors, il avait oublié cette histoire. Jusqu'à aujourd'hui…

Les faits étaient indiscutables. Il en tenait les preuves en main, et il était certain qu'il ne pouvait pas s'agir de faux. Il connaissait la vérité. Avec soin, il plia les documents et les glissa dans la poche de son pantalon de treillis. Ivy Dean ouvrit la bouche pour protester, mais, devant son expression, elle se tut. *Sage décision...*

— Asseyez-vous, lui ordonna-t-il.

Elle ne protesta pas, et alla s'asseoir devant la console de surveillance.

— Expliquez-vous sans omettre aucun détail.

Elle prit une grande inspiration, et comme sa langue rose effleurait sa lèvre inférieure, il se surprit à la fixer, sans raison.

— J'ai d'abord besoin de boire.

— Non, fit-il.

Elle haussa les sourcils.

— Pardon ? On m'a contrainte à attendre en plein soleil devant vos grilles, sans ombre ni eau…

— Cela m'est égal.

— Et je suis enceinte, dit-elle, ignorant son interruption. J'attends votre enfant.

Nazir la dévisagea. Elle le défiait, pas de doute. Elle affirmait une volonté égale à la sienne – ou du moins, elle essayait. Et il éprouva bien malgré lui de l'admiration pour cette femme. Personne ne le défiait, sauf ses ennemis et ceux qui avaient envie de mourir. Dans quelle catégorie se situait-elle ?

Cependant, elle dit sans doute vrai. Elle porte ton enfant.

Il coula un regard vers son ventre, dont l'arrondi était

masqué par son ample tunique blanche empoussiérée. Il sentit frémir en lui quelque chose de brut, de primitif.

Il l'ignora.

— De l'eau, dit-il.

— Oui, s'il vous plaît. Un petit verre suffira.

Eh bien, si elle voulait de l'eau, elle en aurait ! Nazir gagna la porte, l'ouvrit et s'adressa brièvement aux gardes postés à l'extérieur avant de revenir vers elle, toujours posément assise, très maîtresse d'elle-même.

Elle soutint franchement son regard, même s'il crut y détecter un soupçon de prudence. Une bonne chose, qui prouvait qu'elle avait quelque intelligence, après tout. Il était clair qu'elle était habituée à parvenir à ses fins, mais ici ça n'arriverait pas. Ici, c'était sa forteresse, et il y régnait d'une main de fer.

Croisant les bras, il se tint devant elle, soutenant son regard ambré, et attendit.

— J'ai besoin de boire avant de vous donner des explications, dit-elle.

— D'accord.

Un moment s'écoula. Elle ne détourna pas les yeux.

— Si vous cherchez à m'intimider, monsieur Al-Rasul, vous perdez votre temps.

— Je ne cherche pas à vous intimider. Je vous regarde, c'est tout. Quand je voudrai vous intimider, vous le saurez.

— C'est une menace ?

— Pas du tout.

— Me voilà rassurée.

Il continua à l'observer. Elle avait une belle peau, très fine, veloutée, même si elle avait pris trop de soleil : ses joues avaient rosi, comme son front et son menton.

De nouveau, un sentiment primitif le remua. De nouveau, il l'ignora.

Il avait eu raison de ne pas accéder à ses requêtes. Il devait protéger sa forteresse et ses hommes. Donc, il ne pouvait pas se permettre de prendre en considération les visiteurs de passage qui campaient devant ses grilles et demandaient à boire. Son fief n'était pas une halte touristique.

D'ailleurs, elle avait *choisi* de venir à sa recherche dans le désert. De toute évidence, c'était parce qu'elle était enceinte et parce qu'il était le père, mais il devait y avoir quelque autre raison pour qu'elle ait éprouvé le besoin de traquer sa piste. Mais, là encore, elle avait pris sa décision, et cela ne le concernait pas.

Elle avait de jolis yeux. Dans cette lumière, leur couleur noisette avait presque viré au doré, et ses cils sombres semblaient avoir été brossés avec de la poudre d'or. Avait-elle des cheveux de la même couleur, ou étaient-ils plus clairs ? Ambre, peut-être. Ou miel…

Soudain, on frappa à la porte.

— Entrez ! gronda Nazir.

La porte s'ouvrit, et un domestique entra, avec un plateau. Il le déposa sur la console du poste de surveillance, puis ressortit.

Il y avait sur le plateau un verre et une aiguière élégants, en cristal, et un broc de même facture. Le verre contenait de des glaçons et un liquide clair, garni d'un brin de menthe.

Nazir eut un sourire de satisfaction

— Ce n'est pas de l'eau, dit-elle, les yeux rivés sur le verre.

— Non, c'est de la limonade. Elle devrait être faiblement gazeuse, car vous êtes sans doute déshydratée, mais le choix est limité, ici, dans le désert.

Cela ne lui plaisait pas, il le voyait à son air buté. Mais elle avait les lèvres craquelées, souffrait d'un coup de chaud, et devait penser au bébé. Sa soif l'emporta sur son désir de lui tenir tête, car après un instant d'hésitation elle saisit le verre et en avala une longue gorgée.

Elle eut un léger gémissement, qui résonna en lui comme pour faire écho au vide qu'il ressentait – ce vide présent en lui depuis qu'il était revenu d'Angleterre, bien des années auparavant, très sûr de lui et de son rang. Persuadé, maintenant qu'il était adulte, qu'il prendrait ses propres décisions, qu'il ne serait plus ligoté par les règles de son pays et qu'il obtiendrait tout ce qui lui avait été refusé.

Et tout cela avait abouti à la disparition de sa mère et au bannissement de son père ; lui-même avait failli être exécuté.

S'il se sentait vide à l'intérieur, il y avait une raison, et il fallait qu'il en soit ainsi. Rien ne devait combler ce vide, sinon un objectif, et cet objectif était sans rapport avec une Anglaise et l'enfant qu'elle portait.

Même si l'enfant était de lui.

Ivy oublia la présence du cheikh. Elle oublia sa peur. Elle oublia qu'elle se trouvait dans une forteresse et qu'à l'endroit où cet homme l'avait touchée, elle gardait une sensation de brûlure. Elle oublia qu'elle était censée tenir tête à ce combattant inflexible pour ne pas être anéantie, et son enfant avec elle.

Elle oublia même qu'elle avait demandé de l'eau et que ce n'était pas ce qu'on lui avait apporté. Le liquide était froid et suave, avec un soupçon d'acidité, et elle n'avait jamais rien goûté d'aussi délicieux. Elle en avala encore une gorgée, puis une autre, la limonade apaisant sa gorge sèche et étanchant sa soif, tout en lui faisant réaliser qu'elle était plus déshydratée qu'elle ne l'avait cru. Un verre ne suffirait pas.

Mais des doigts fermes cherchèrent à lui ôter son verre des mains, en douceur.

— Non, protesta-t-elle, j'ai encore besoin de boire.

Elle ne put pourtant pas résister, il avait trop de force. Et elle s'effara de sentir qu'elle avait les larmes aux yeux alors qu'il reposait le verre près de l'aiguière. Ses émotions étaient plus fortes, depuis qu'elle était enceinte. Elle ne leur donnait pas libre cours, d'habitude, et Dieu qu'elle se détestait de perdre ainsi le contrôle devant ce… ce prédateur !

S'il avait senti qu'elle perdait pied, il ne le montra pas.

— Quand on est déshydraté, il vaut mieux boire à petites gorgées, et souvent, dit-il de sa voix profonde et rude. Ce n'est pas bon pour les reins de boire trop, et trop vite.

La façon dont il avait parlé était étrangement apaisante, et elle sentit refluer son émotion. Il aurait été stupide de s'opposer à lui au sujet de la limonade, il était sûrement plus avisé qu'elle en matière de déshydratation !

Il se tenait debout devant elle, ses bras musclés repliés sur son large torse. Les pans de son long kimono noir, lâchement ceinturé à la taille, s'étaient écartés, révélant la peau couleur bronze du haut de son torse et de son cou, et elle se surprit à la fixer, sans savoir pourquoi. Cette peau lisse, presque velouté, parsemée de poils noirs. Elle se demanda soudain ce qu'elle ressentirait en la touchant.

Pourquoi diable toucherais-tu sa peau ?

Elle n'en avait aucune idée. Elle n'avait jamais pensé à un homme en ces termes, et cela la perturba. Se contraignant à détourner le regard, elle leva les yeux sur son visage, en s'efforçant d'ignorer la légère onde de chaleur qui la parcourait.

Elle ne gagnait rien à regarder son visage – avec ces yeux qui la fixaient, tranchants et glacials.

Même si elle avait la bouche sèche, plus sèche encore que le désert aride, elle résista au désir de s'emparer à nouveau du verre. Elle allait lui donner l'explication qu'il voulait, déterminer avec lui ce qu'il voulait faire en ce qui concernait le bébé, puis elle partirait.

— Bon, dit-elle avec calme. J'ai… j'avais une amie très chère, qui désirait désespérément avoir des enfants. Elle n'avait ni mari ni compagnon, et avait donc l'intention de concevoir grâce à un donneur. Cependant, elle était soignée contre un cancer et n'était pas en état de porter l'enfant elle-même. Comme je ne voulais pas qu'elle interrompe son traitement – son pronostic était excellent, au départ –, je lui ai proposé de porter son enfant à sa place. Pour ma part, je n'ai pas l'intention d'avoir d'enfants, mais il m'a semblé que c'était le moins que je pouvais faire pour elle.

Le chef de guerre ne dit mot, ses traits n'exprimèrent rien.

— Elle était d'accord, continua Ivy. Elle a choisi un donneur, mais les ovocytes qu'elle avait fait congeler se sont avérés non fécondables, donc nous avons décidé de recourir aux miens. Tout s'est très bien passé. Et puis…

Un instant, Ivy s'interrompit, submergée par le chagrin. Puis elle reprit :

— Le cancer est devenu plus agressif. Son traitement a échoué. Je me suis retrouvée enceinte au moment où elle était en train de perdre la bataille contre la maladie. Je ne comptais pas avoir d'enfants – mon travail ne me le permet pas, et je n'ai pas assez de moyens financiers –, et Connie le savait. Avant sa mort, nous avons discuté des options possibles, et conclu toutes les deux qu'il était important de laisser se poursuivre la grossesse. Elle m'a demandé de prendre contact avec le donneur afin de l'informer, pour le cas où il aurait voulu jouer un rôle dans la vie de l'enfant. Aucune de nous ne voulait que le bébé se retrouve en foyer d'accueil, mais…

De nouveau, Ivy s'arrêta, aux prises avec l'inquiétude et le chagrin en dépit de tous ses efforts pour les contenir.

Pauvre Connie ! Elle avait tant voulu un enfant, et Ivy avait tant voulu l'aider ! Et voici qu'elle attendait un enfant qu'elle n'avait jamais eu l'intention d'élever, qu'elle refusait de considérer comme sien parce qu'il n'était pas à elle. C'était le bébé de Connie.

La volonté d'accomplir le vœu ultime de son amie habitait Ivy. Car le placement en foyer d'accueil était une possibilité qu'elle refusait d'envisager. Pas pour le bébé de Connie. Ivy connaissait les effets délétères de ce mode d'éducation, et même si elle s'efforçait de les atténuer dans le foyer qu'elle dirigeait, il n'était pas toujours possible de lutter contre un système rigide.

L'homme qui la regardait n'avait pas bougé, son expression restait impassible, et son regard tout aussi concentré. Elle avait l'impression d'être un petit rongeur sous l'œil aigu d'un faucon.

Elle éprouvait le besoin de continuer à parler pour combler ce terrible silence, mais elle l'ignora. Elle tendit de nouveau la main vers le verre, et cette fois il ne l'empêcha pas de le prendre. Elle en but une petite gorgée, luttant contre le désir d'engloutir tout son contenu.

— Vous êtes donc venue de la lointaine Angleterre jusqu'à Inaris. Vous avez réussi à dénicher un guide qui savait où me trouver et lui avez dans doute versé une somme exorbitante pour qu'il vous mène ici. Ensuite, vous avez patienté des heures sous un soleil de plomb pour m'annoncer que j'étais le géniteur d'un enfant, dit le cheikh d'une voix toujours aussi glaciale. Et tout ça, pour tenir la promesse faite à une amie ?

— C'était une amie très proche. Et je tiens toujours mes promesses.

— Je suis un chef de guerre notoirement violent et cruel. Cela ne vous a pas découragée ? Croyez-vous judicieux de céder des droits paternels à un homme tel que moi ?

Il avait dit cela d'un ton sec, comme s'il n'éprouvait rien, ni idées ni sentiments, à la pensée qu'il allait être père.

Il n'avait pas été facile, en effet, de retrouver cet homme ; mais c'était à Inaris qu'elle avait pris pleinement conscience de ce qu'elle risquerait en prenant contact avec lui.

Les bruits qui couraient à son sujet étaient effrayants. Elle aurait pu repartir pour l'Angleterre, alors, car la promesse faite à Connie n'aurait pas tenu, si le père était l'assassin que dépeignait la rumeur. Mais Connie avait réuni des informations sur lui lorsqu'elle avait su qu'elle était en phase terminale, et donné à Ivy le nom d'un contact à Mahassa, la capitale d'Inaris. Selon ce contact, les rumeurs sur le cheikh étaient très exagérées, et s'il pouvait se montrer impitoyable, il aidait parfois ceux qui venaient à lui.

— Mon amie avait un contact qui affirmait que vous n'êtes pas aussi mauvais qu'on le prétend. Qu'en est-il ? demanda Ivy en plantant ses yeux dans les siens.

Il ignora la question.

— Il aurait été plus facile de passer un coup de fil.

— En effet, répliqua-t-elle, mais lorsque j'ai recherché « chef de guerre cruel » sur Internet, je n'ai pas obtenu de coordonnées.

Il ne sourit pas. Ne cilla même pas. Il continua à braquer sur elle son regard brûlant.

— Monsieur Al-Rasul…

— Dites « commandant ».

Agacée qu'il exige ce titre militaire, elle lâcha :

— Je ne ferai rien de tel.

— Oh ! mais si ! Je suis le commandant de cette forteresse, et ici ma parole a force de loi.

— Mais je ne suis pas…

— Qu'espériez-vous en venant ici, mademoiselle Dean ?

Ivy ravala son irritation. Il n'était pas avisé de le défier.

— Je suis seulement venue vous informer que vous aurez un enfant dans six mois, et pour discuter de son éducation, précisa-t-elle d'un ton qu'elle espérait calme. J'ai proposé à Connie d'être mère porteuse parce qu'il était entendu qu'elle élèverait cet enfant. Je n'avais pas envisagé…

Elle s'arrêta, le cœur étrangement serré, partagée entre le chagrin et une peur douloureuse qu'elle ne comprenait pas.

— Je veux dire que ce bébé n'est pas à moi. Du moins,

je ne le considère pas comme tel. Il a toujours été celui de Connie.

— Pas génétiquement.

— Je sais. Mais tout de même. Un enfant devrait toujours être désiré.

— Et vous ne voulez pas de ce bébé ?

Il avait posé cette question d'un ton neutre. L'étrange sentiment qui lui étreignait le cœur s'accentua, mais elle le dédaigna.

— Je répète que cet enfant n'est pas à moi. Il est à Connie.

Le regard du cheikh se fit soudain plus intense.

— Il ?

Elle réalisa que sa main s'était de nouveau portée sur son ventre, comme pour protéger le bébé contre ses propres pensées.

Elle tenta de se rattraper.

— Il, elle, je ne sais pas…

— Mais vous pensez que c'est un garçon, souligna le cheikh.

— Peu importe ce que je pense. Ce qui compte, c'est ce que vous aimeriez faire en tant que père du bébé.

Soudain, le cheikh promena sur elle son regard d'une intensité perturbante, presque inquiétante.

— Vous affirmez ne pas vouloir d'une famille, dit-il d'un ton presque songeur. Pourquoi ?

Ivy battit des cils, déroutée par ce changement de sujet.

— Cela ne vous regarde pas.

— Vraiment ? Vous êtes enceinte de moi, donc cela me regarde de près, au contraire.

Les mots « enceinte de moi » lui mirent le rouge aux joues. Ce qui était ridicule, car leur sens apparent ne traduisait en rien la réalité, ils le savaient aussi bien l'un que l'autre.

En tout cas, il paraissait évident que cet homme n'aurait aucune envie de s'occuper de son enfant.

Qu'imaginais-tu ? Qu'il proposerait d'élever le bébé ? Pour t'en débarrasser comme d'un paquet encombrant ?

Le sentiment étrange s'intensifia en elle, jusqu'à en devenir douloureux.

Elle n'avait pas envisagé ce qui se passerait après la naissance. La perspective d'élever un enfant qu'elle n'avait pas désiré lui faisait trop peur. Elle n'avait pas de gros moyens financiers, aucun soutien familial. Bien sûr, elle savait gérer les gamins du foyer, mais elle se voyait comme leur enseignante et leur protectrice, pas comme leur mère. N'ayant pas eu de mère elle-même, elle ne se sentait pas capable de jouer ce rôle. Bref, elle serait totalement seule.

Et puis, comment aurait-elle pu assumer cette charge alors que la gestion du foyer d'accueil dévorait son temps ? Comment aurait-elle accordé à un bébé l'attention qu'il méritait alors que tant d'autres enfants dans le besoin étaient sous sa responsabilité ?

N'y pense pas. Chaque chose en son temps.

Refoulant sa panique croissante, elle se leva.

— Visiblement, cet enfant ne fait pas partie de vos centres d'intérêt, dit-elle avec un calme froid. Une forteresse pleine de soldats menés par un chef de guerre n'est de toute façon pas un lieu pour un bébé. Merci d'avoir pris le temps de me recevoir. Si vous pouviez me faire raccompagner par quelqu'un à Mahassa, je vous en saurais gré.

Le cheikh, immobile comme une statue de granit, resta posté devant elle, la transperçant de son regard bleu aussi glacial que le pôle Nord.

— Ai-je dit que vous pouviez partir ?

Ivy se raidit.

— Non, mais…

— Parce que si vous supposez que je vais vous laisser partir avec mon enfant, vous vous trompez du tout au tout, mademoiselle Dean.

3.

Ivy Dean s'était raidie, et son regard ambré flamboyait d'indignation, conférant à ses prunelles une fascinante couleur d'or bruni. Bien entendu, le tour que prenaient les événements ne lui plaisait pas. Il ne s'attendait pas qu'elle en soit contente. Mais sa réaction était hors de propos.

Elle avait choisi de venir le trouver – tâche difficile pour beaucoup, et plus encore pour une jeune Anglaise enceinte et sans expérience. Et si elle pensait qu'il ne serait pas intéressé, elle se trompait !

Tandis qu'elle expliquait comment elle était devenue mère porteuse pour son amie, et qu'il la voyait passer la main sur le léger renflement de son ventre, il avait été en proie à un sentiment de possessivité étrange.

Son père s'était montré très clair : Nazir n'était pas autorisé à avoir des enfants. Et quand il était plus jeune, il l'avait mal pris. Plus tard, après qu'il avait tout détruit, il avait compris que son père n'avait pas agi de façon arbitraire. Ce n'était pas uniquement par tradition qu'un bâtard royal ne pouvait pas avoir de descendance, c'était aussi pour faire un meilleur soldat. Les liens affectifs et émotionnels étaient une faiblesse que ne pouvait pas se permettre un commandant, et mieux valait les limiter.

Alors, Nazir avait appris sa leçon et accepté son destin : si rien ne s'opposait à son mariage, il ne pourrait jamais avoir un fils ou une fille.

Il avait fini par décider que le mariage n'était pas pour

lui non plus. Son père, autrefois commandant de l'armée du sultan, lui avait montré la voie, et il l'avait suivie, s'engageant corps et âme dans la vie militaire. Le bannissement de son père le condamnait à n'avoir jamais de position en vue dans l'armée d'Inaris. Alors, après sa mort, Nazir avait créé sa propre armée, développant une force petite mais puissante, à laquelle bien des gouvernements et des intérêts privés recouraient dans un but « stratégique ».

Il avait des règles de conduite, naturellement. Il n'aurait pas engagé son armée, ni son impressionnant leadership militaire, dans un coup d'État ou pour déstabiliser des pays pacifiques. Il refusait d'être acheté par des dictateurs, de faire du mal à des civils innocents, ou de travailler pour des criminels soucieux de leurs intérêts. Il avait un code moral strict.

C'était un « mercenaire éthique », comme l'avaient baptisé certains médias. Il engendrait des profits considérables pour Inaris, et même s'il n'avait rien à faire avec son demi-frère le sultan et le palais en général, dans certains milieux, on savait qu'il était le pouvoir occulte derrière le trône, au grand dam de son demi-frère. Mais Fahad n'osait pas l'attaquer, car Nazir était trop puissant.

Cependant, un enfant changerait la donne. Son enfant interdit…

Il n'avait jamais compté en avoir un. Il avait cru que son pari perdu de Cambridge n'aurait jamais de conséquences. Mais le destin en décidait autrement, et il n'avait jamais été homme à manquer une occasion quand elle se présentait. Il saisirait celle-ci.

Il devrait réfléchir aux implications, bien sûr, mais une chose était évidente : Ivy Dean devait rester.

— Comment ça, vous n'allez pas me laisser partir ? demanda-t-elle, le regard étincelant.

— Il me semble que c'est assez clair.

— Mais je…

— Mais quoi ? Vous êtes déshydratée et souffrez d'un coup de chaud. Votre guide est parti. Comment comptez-vous rentrer à Mahassa ?

— Eh bien, si vous consentiez…

— Vous attendez mon enfant, et puisque vous êtes venue sonder mon instinct de paternité, j'ai décidé que cela m'intéressait. Mais il va me falloir réfléchir à cet événement pour le moins imprévu.

— Je ne peux pas…

— D'ici là, vous resterez ici jusqu'à ce que j'aie décidé une ligne de condui…

— Laissez-moi parler !

Ivy Dean avait laissé exploser sa colère. Ses yeux dorés flamboyaient, sa peau si fine, rougie par le soleil, était à présent plus rouge encore.

Nazir sentit ses élans possessifs muer, se transformer en un sentiment brut et perturbant. Soldat dans l'âme, le combat n'était pas pour lui déplaire. Il aimait qu'on le défie, relever le gant et triompher. C'était un trait de caractère qu'il manifestait aussi dans l'intimité. Raison pour laquelle il aimait les femmes à fort tempérament. En particulier si elles lui tenaient tête.

Il sentait qu'Ivy Dean dissimulait derrière un physique délicat un caractère bien trempé, et voyait en elle, en cet instant, une force de volonté qui avait dû faire plier d'autres hommes. Une volonté sans doute habituée à s'affirmer à sa guise.

Tu jouirais de croiser le fer avec elle, avoue-le…

Oh oui ! Mais le moment et le lieu étaient mal choisis, et elle n'était pas la femme qu'il lui fallait. Il assouvirait ses besoins plus tard, avec une autre. Les volontaires étaient légion.

— Vous ne pouvez pas me retenir ici ! protesta-t-elle. Je suis une citoyenne britannique. Je suis enregistrée au consulat. Ils savent où je me trouve. S'il m'arrive quoi que ce soit, ils viendront ici et mettront tout sens dessus dessous !

Nazir la regarda avec calme alors qu'elle continuait sur sa lancée, certain que les mots et le souffle viendraient à lui manquer. Elle comprendrait que quoi qu'elle dise ou fasse, il avait pris sa décision. Et serait obéi. Finalement, sa jolie bouche se referma, prenant un pli dur.

— Je ne crois pas vous avoir menacée de mort, mademoiselle Dean, dit-il avec calme. Ni de violence. J'ai simplement dit que vous deviez rester ici.

— Votre réputation laisse penser le contraire.

— Mais, comme vous l'avez déjà établi, cette réputation tient aux rumeurs que j'ai fait courir pour décourager les importuns.

Elle prit un air buté qui fit naître en lui un sentiment voisin de l'amusement. C'était si étrange ! Il lui arrivait rarement d'être amusé – la vie de chef militaire n'était pas des plus drôles –, et l'expression peinte sur le visage d'Ivy Dean le distrayait.

Elle n'avait pas peur de lui et semblait résolue à parvenir à ses fins, même si elle n'était qu'une femme seule dans une forteresse de combattants d'élite, qui l'auraient tuée s'il en avait donné l'ordre.

Il n'en ferait rien, bien sûr. Il n'avait jamais fait, et ne ferait jamais, de mal à une femme. Elle ne semblait cependant pas comprendre que si elle devait redouter quelqu'un, c'était bien lui. On aurait presque dit… qu'elle ne le trouvait guère impressionnant. Eh bien, ça changerait !

— Je ne peux pas rester plus d'une heure ou deux, précisa-t-elle. J'aimerais rentrer à Mahassa avant la nuit.

Elle ne serait pas exaucée. Il pourrait la ramener en hélicoptère, bien sûr, mais ne le ferait pas. Il devait réfléchir, et d'ici là elle resterait ici, où il pouvait la surveiller, ainsi que le bébé.

— Vous resterez aussi longtemps que j'en aurai besoin.

Par habitude, il la survola d'un regard impersonnel, comme il l'aurait fait pour n'importe lequel de ses hommes – leur bien-être était sa priorité, car une armée n'avait jamais la force que de son membre le plus faible. Ivy Dean avait les épaules tendues, un poing serré, tandis que son autre main reposait sur son ventre. Il avait déjà remarqué ce geste, qui marquait bien malgré elle son attachement au petit être qui grandissait en elle.

Il eut un élan possessif, comme si quelque chose en lui aimait cet instinct protecteur envers cet enfant. *Leur* enfant.

Non, il ne pouvait pas se permettre de penser en ces termes. Indépendamment de ce qu'il en viendrait à décider, le bébé n'était qu'une opportunité, à envisager comme telle.

Ivy Dean paraissait fatiguée, cependant, et cela n'avait rien d'étonnant, après sa longue marche dans le désert. Il avait dû lui falloir du courage pour venir l'affronter. Tout cela pour tenir la promesse faite à son amie.

— Je ne vous ferai aucun mal, dit-il, obéissant à une impulsion qu'il ne comprenait guère. Vous êtes en sécurité ici.

Elle cilla, puis redressa de nouveau le menton.

— Vous pensez que j'ai peur ? De vous ?

Elle l'embrassa du regard, comme pour le jauger, et il eut conscience de la tension, de la chaleur qui gagnait son bas-ventre. Comme si une part de lui-même appréciait le regard enveloppant qu'elle posait sur lui.

— Je ne crois pas, dit-elle avec dédain.

De nouveau, il fut amusé. Elle était résolue à ne pas se laisser impressionner par lui, mais pourquoi ? Selon son expérience, les femmes réagissaient de diverses façons à son égard, mais jamais de cette façon. Oh ! il ne cherchait pas à impressionner quiconque, mais Ivy Dean aurait été plus convaincante sans cette rougeur qui perçait sous son hâle lorsqu'elle le fixait. Et ses yeux s'étaient attardés sur son torse dénudé par son kimono entrouvert.

Intéressant, nota Nazir. Il n'était pas du genre à dédaigner les détails, même les plus infimes, car ils pouvaient se révéler utiles.

— Il se pourrait que vous changiez d'avis, dit-il avec décontraction. Par ailleurs, vous êtes fatiguée, vous avez encore besoin de vous hydrater, et de manger aussi.

— Je vais bien. Ne vous croyez pas obligé de vous mettre en quatre pour moi.

Ignorant cette réponse, Nazir gagna la porte, l'ouvrit et donna quelques ordres. Un garde traversa aussitôt la cour en direction de la forteresse, tandis qu'un autre entrait dans le poste.

— Vous allez suivre mon garde, dit Nazir. Il vous conduira à la bibliothèque.

— Je suis très bien ici, merci.

— Vous ferez ce qu'on vous dit. L'entêtement par esprit de contradiction n'est pas un trait de caractère séduisant, mademoiselle Dean. Je vous suggère d'y renoncer.

Les yeux d'Ivy Dean flamboyèrent, mais elle se contenta de répondre :

— Soit.

À son intonation, où perçait un léger défi, une onde de chaleur déferla encore en lui. Il l'ignora. Quelle que soit sa décision au sujet d'Ivy Dean et du bébé – de *son* bébé – il la prendrait comme toutes les autres : froidement et fermement. Sans qu'aucune partie de son anatomie y joue un rôle quelconque.

Mais tu jouirais de prendre cette femme.

Nazir refoula cette pensée. Son membre viril n'aurait pas voix au chapitre. Son plaisir n'entrait jamais en ligne de compte dans les décisions qu'il prenait.

— Vous n'irez dans aucun autre endroit de la forteresse, ajouta-t-il. Vous resterez où on vous mènera. Compris ?

Elle n'apprécia pas, de toute évidence.

— Je croyais que j'étais en sécurité ?

— Vous l'êtes. Mais je me défie des étrangers qui furètent partout comme des touristes.

Ivy Dean allait protester, mais il ne lui en laissa pas le temps.

— C'est mon dernier mot, mademoiselle Dean. Vous serez bien avisée de m'obéir. Sinon, gare aux conséquences.

Ivy n'avait pas envie de suivre le garde dans l'imposante forteresse du cheikh, mais elle n'avait guère le choix.

L'écho de la voix profonde du cheikh résonnait dans son esprit, jouant sur ses nerfs. Elle avait eu très envie de faire une scène, mais son commentaire sur l'entêtement avait fait mouche. Il avait vu juste à ce sujet – alors qu'elle aurait aimé le prendre en défaut. Sur le fait qu'elle avait soif et faim, par exemple. Elle admettait même qu'elle se sentait fatiguée.

C'était contrariant qu'il ait su capter ces choses, d'autant qu'elle s'était efforcée de ne montrer ni faiblesse ni vulnérabilité. Mais lorsqu'il avait déclaré qu'elle devait rester, qu'il ne pouvait pas se permettre de la laisser partir… eh bien, cela l'avait alarmée. Elle avait pensé qu'il aurait besoin de temps pour digérer la nouvelle et qu'elle retournerait à Mahassa pour y attendre quelques jours sa décision. Selon ce qu'il répondrait, elle prendrait ensuite l'avion pour l'Angleterre. Elle ne voulait pas en rester éloignée longtemps, parce que les gamins du foyer avaient besoin d'elle ; et parce que celle qui la remplaçait, si compétente soit-elle, n'était pas aussi attentive qu'elle aux détails.

Refoulant son inquiétude, Ivy franchit derrière le garde la double porte de la forteresse. Il faisait frais à l'intérieur, grâce à l'épaisseur des murs, au sol de pierre et aux hauts plafonds. L'air y était sec, avec une odeur de poussière et d'épices, étrangement agréable.

Les bottes du garde claquaient sur les dalles tandis

qu'il la menait, à travers une série de couloirs étroits, dans une vaste pièce. Il y avait quelques bibliothèques contre les murs, un ou deux bureaux avec des fauteuils. Un lieu spartiate, fonctionnel et impeccable.

Du geste, le garde l'invita à s'asseoir, claqua des talons, puis pivota sur lui-même et sortit en refermant la porte.

Ivy demeura immobile un instant, embrassant du regard cet espace austère. Il n'avait rien de réconfortant. Nulle part où se pelotonner avec un livre, ou s'allonger un peu. Les fauteuils en bois étaient conçus pour s'asseoir plutôt que pour paresser. Il n'y avait qu'une ouverture dans cet ensemble austère : une fenêtre qui, dans la muraille, offrait une échappée inattendue sur de la verdure.

Elle s'en approcha, surprise d'apercevoir un patio luxuriant dont la fraîcheur contrastait avec la poussière et la chaleur des sables du désert. Elle voyait même couler une fontaine, dont le léger clapotis était audible malgré l'épaisseur des murs.

Il était étrange de découvrir quelque chose d'aussi beau au cœur de la forteresse d'un sinistre chef de guerre !

Ses pensées dérivèrent vers le commandant, son visage aux traits rudes et impitoyables, et ses yeux saisissants, si clairs et froids. Il ne semblait pas du genre à apprécier un jardin. Il avait l'air de ne pas apprécier grand-chose, en fait.

Quel père serait-il ? Un père dur, c'était clair. Sévère et strict. Il n'aimait sans doute pas les enfants – il n'avait assurément pas été ravi par la nouvelle qu'elle apportait, même si c'était peut-être une réaction due au choc. Voulait-elle qu'un tel homme s'implique dans l'éducation du bébé de Connie ? Elle avait peut-être commis une erreur en venant ici…

Ivy se détourna de la fenêtre et arpenta la pièce, troublée par l'orientation de ses pensées. Son opinion n'avait rien à voir avec tout cela, ni avec cet homme. L'important était l'intérêt du bébé. Si c'était d'avoir pour père cet homme sévère, eh bien, elle devrait composer avec cette réalité.

Et s'il ne veut pas faire partie de la vie du bébé ?

Cette idée la glaça. Elle n'avait pas de réponse à cette question. La santé de Connie avait décliné vite, et le temps avait manqué pour établir un plan B. Au demeurant, il n'y aurait qu'une alternative : faire adopter ce bébé ou l'élever elle-même. Et puisque l'idée d'abandonner le bébé de Connie la révulsait, il ne lui resterait qu'à l'élever.

Toi ? Une mère ? Tu plaisantes !

Elle ne connaissait rien à la maternité, ni à la vie de famille. Fille d'une mère célibataire, elle avait été placée en foyer d'accueil à l'âge de trois ans, après la mort de sa mère, et n'en était jamais sortie.

Elle avait grandi dans le foyer qu'elle dirigeait aujourd'hui, seule de tous les enfants à n'avoir jamais été adoptée. Cela avait été dur, mais positif au bout du compte, puisque le propriétaire des lieux avait apprécié ses dons d'organisation et fini par l'employer.

Cependant, il ne suffisait pas de savoir s'organiser pour être une bonne mère. Pour cela, il fallait avoir reçu de l'amour, et Ivy n'en avait aucune expérience. On s'était bien occupé d'elle dans le foyer, qui était une bonne maison d'accueil. Mais personne ne s'y était *soucié* d'elle. Personne ne l'avait vraiment aimée. Alors, comment pourrait-elle apporter à un enfant ce qu'elle n'avait jamais eu ? Bien sûr, elle pourrait essayer. Mais si elle se fourvoyait, en quoi cela serait-il digne de la promesse faite à Connie ?

Un coup sec fut frappé à la porte, qui s'ouvrit sur une femme vêtue d'un uniforme noir et portant plusieurs plateaux. Elle salua Ivy d'un signe de tête, déposa les plateaux, puis se retira.

Ivy considéra avec étonnement ce qu'elle avait apporté. Il y avait des club-sandwichs avec des garnitures variées, disposés de façon exquise sur un plateau en argent, avec d'autres canapés appétissants. Sur un deuxième plateau, des cupcakes aux différents parfums et aux jolis glaçages attiraient le regard. Le tout était accompagné d'un pichet de limonade agrémentée d'un brin de menthe et d'un verre rempli de glaçons.

C'était le genre d'en-cas qu'on servait dans un hôtel cinq étoiles, pas un repas préparé dans la forteresse d'un chef de guerre. Était-ce le cheikh qui l'avait commandé ? Et qui l'avait préparé ? Car c'était le travail d'un vrai chef, pas du « cuistot » d'une armée.

Ivy aurait aimé y trouver à redire, parce que le cheikh la perturbait et que son comportement dominateur, dictatorial, lui déplaisait. Mais ce n'était pas une raison pour refuser de se désaltérer et de se nourrir. De plus, elle en avait besoin et devait penser au bébé.

Ravalant son irritation et sa fierté, elle prit un sandwich. L'odeur de concombre frais qui en émanait lui mit l'eau à la bouche, et elle en croqua une bouchée sans même réfléchir. Il était délicieux ! Un moment plus tard, elle constata avec surprise qu'elle avait avalé tous les sandwichs, et même deux ou trois cupcakes, aussi légers et excellents que le reste.

Elle se servit de la limonade, non sans s'agacer d'entendre résonner dans son esprit la voix profonde du cheikh, lui recommandant de se désaltérer par petites gorgées. Pour un peu, elle aurait englouti d'un trait le contenu du verre. Mais il n'était pas bon de céder à un mouvement de colère.

Elle savoura donc sa limonade, tout en examinant les livres sur les étagères. Il y en avait très peu en anglais, de vieux classiques qui semblaient ne pas avoir été ouverts depuis des lustres. Une bibliothèque banale.

Ne voyant rien d'intéressant autour d'elle, elle se mit à faire les cent pas. Elle n'aimait pas l'immobilité, en général, et préférait s'occuper, mais ici elle n'avait rien à faire. Sans accès à Internet, elle ne pouvait même pas consulter ses messages !

Gagnant la porte, elle l'ouvrit, vaguement surprise de constater qu'elle n'était pas fermée. Un long couloir sombre et étroit s'étendait de part et d'autre. Elle percevait des bruits de pas et de voix. Le cheikh lui avait ordonné de ne pas sortir de la bibliothèque, mais comment pouvait-il s'attendre qu'elle lui obéisse alors qu'elle n'avait rien à y faire ? Peut-être pouvait-elle aller à la recherche de quelqu'un afin de savoir si le cheikh en avait encore pour longtemps.

Ivy prit une profonde inspiration et posa la main sur son ventre. Quoi qu'ait pu dire le cheikh, elle n'était pas poussée par un esprit de contradiction. Elle pensait à Connie et au bébé. Elle devait savoir ce qui se passait, et tant qu'elle ne le saurait pas, elle serait incapable de rester calme.

Elle s'engagea dans le couloir sombre, puis, le cœur battant, se dirigea vers la pièce d'où provenaient les voix.

— La bibliothèque n'est pas par là, mademoiselle Dean.

Ivy se figea en entendant la voix dure et profonde du cheikh. Seigneur, mais d'où sortait-il ? Elle ne l'avait ni vu ni entendu. Il avait fondu sur elle tel un fantôme.

Ignorant les battements précipités de son cœur, elle se retourna et découvrit que l'étroit couloir était presque entièrement barré, derrière elle, par l'imposante silhouette de Nazir al-Rasul. Il portait toujours son kimono noir, à la ceinture nouée autour de ses hanches étroites, sa peau couleur de bronze visible entre les pans du tissu. Et apparemment, la réaction qu'elle avait eue dans le poste de garde n'était pas une faiblesse passagère, car maintenant aussi elle sentait ses joues s'empourprer.

Bon sang, c'était ridicule ! Qu'est-ce qui ne tournait pas rond chez elle ? Elle avait déjà vu des torses masculins, sinon en vrai, du moins à la télévision, et cela ne l'avait pas fait rougir ainsi.

Saisie d'un accès de claustrophobie, elle eut du mal à respirer. Les yeux du cheikh étaient vraiment d'un bleu-vert étonnant. Son regard aigu et froid semblait pénétrer jusqu'aux profondeurs de son âme et percer ses secrets intimes…

— Je n'allais pas à la bibliothèque, dit-elle d'une voix un peu tremblante, malgré ses efforts pour la maîtriser. Si on peut appeler ça une bibliothèque, d'ailleurs. Je vous cherchais.

— Vous aviez ordre de ne pas sortir.

Ivy resserra autour d'elle ses tuniques empoussiérées.

— Vous avez dit que vous ne vouliez pas que je me promène en touriste. Et ce n'est pas ce que je fais. Je…

— Vous avez désobéi à un ordre direct.

Elle sentit monter en elle la colère, alimentée par la lassitude, l'incertitude et la peur qui la rongeait depuis la mort de Connie. Incapable de se retenir, elle lança :

— Je ne suis pas un de vos soldats, monsieur Al-Rasul, je n'ai donc pas à vous obéir.

Si cette réponse le rendit furieux, il n'en laissa rien paraître, et Ivy eut soudain une folle envie de faire quelque chose qui le dépouillerait de son sang-froid, qui ferait étinceler de colère ces yeux turquoise et troublerait cette expression impassible.

Et tu te demandais pourquoi personne ne t'adoptait…

Oh ! elle savait pourquoi. Elle avait un fichu caractère, une forte volonté et détestait qu'on lui donne des ordres, toutes ces choses indésirables chez une enfant. Cependant, elles la servaient aujourd'hui, et elle avait appris à les maîtriser à son avantage, notamment lorsqu'il s'agissait de protéger le foyer et les enfants placés sous sa garde.

Mais les travailleurs sociaux et les employés du gouvernement n'étaient rien à côté d'un cheikh inflexible, et elle en prit pleinement conscience quand, détachant d'elle les yeux pour regarder derrière elle, il ordonna :

— Ramenez Mlle Dean à la bibliothèque. Puis enfermez-la à double tour.

4.

La colère et la peur se peignirent passagèrement sur les traits délicats d'Ivy Dean et dans son regard d'ambre aux éclats d'or bruni. Il s'en fichait.

Il ne pouvait admettre que quelqu'un lui désobéisse, surtout pas devant ses hommes. Et surtout pas elle. Maintenant qu'il avait décidé ce qu'il ferait à son sujet et au sujet du bébé.

Il n'avait pas besoin de donner des détails, ses gardes savaient quoi faire, et avant que la demoiselle en furie ait eu le temps de protester, ils l'eurent ramenée dans la bibliothèque.

Ce n'était pas un lieu confortable pour elle, Nazir le savait. Mais il n'y avait pas beaucoup d'endroits, dans ce secteur de la forteresse, qui pouvaient convenir à une femme enceinte. On la mènerait bientôt à des appartements plus adaptés. Et il lui avait fait servir une collation, qu'elle n'avait pas tardé à dévorer – du moins, c'est ce qui lui avait dit le soldat qui surveillait la bibliothèque via une caméra de sécurité. Le même qui l'avait informé qu'elle s'était engagée dans le couloir.

Nazir s'était douté qu'elle ne ferait pas ce qu'il lui dirait. Elle ne serait jamais une épouse docile, mais ce n'était pas ce qu'il voulait. Il n'avait jamais pensé avoir une épouse, pas avant qu'elle débarque, annonce qu'elle attendait un enfant de lui, et bouleverse tout son univers.

Il ne lui avait pas fallu longtemps pour se décider.

Après avoir quitté le poste de garde, il s'était rendu dans son bureau privé, retournant dans sa tête diverses idées, tandis qu'elle prenait la collation que son chef avait préparée. Pourtant, c'était seulement au moment où elle était sortie dans le couloir qu'il avait pris sa décision.

Il ne pouvait pas permettre qu'elle aille et vienne à sa guise, ici ou dans Inaris. Une fois qu'on saurait – et la nouvelle serait bientôt connue – qu'elle attendait un enfant de lui, ses ennemis entameraient leurs manœuvres. Le sultan aurait son mot à dire, et le danger s'accroîtrait considérablement pour elle et le bébé. Même en Angleterre, ils n'auraient pas été à l'abri. Ils ne le seraient que dans la forteresse, où il disposait d'une armée pour les protéger.

Il ne pouvait donc pas la laisser partir. Elle et l'enfant devraient rester ici, avec lui. Et afin que ses ennemis n'aient aucune possibilité de faire du mal à Ivy Dean, à l'enfant ou à lui-même, il devait faire d'elle sa femme.

Ce n'était pas seulement pour la protection légale de l'enfant. D'autres facteurs entraient en jeu. Issu de la liaison de son père avec l'épouse du sultan, Nazir n'avait pas eu la partie facile. Son lien avec la sultane avait dû rester secret, afin que celle-ci ne soit pas exposée à la fureur de son époux, un homme froid et cruel. Elle avait réussi à cacher sa grossesse jusqu'à un stade très avancé, puis avait pris un long mois de « vacances » pour mettre au monde en secret son bébé, accompagnée par une femme de chambre de confiance, seule au courant en dehors du père de Nazir. Sa naissance avait été une erreur, pourtant, et il en avait senti le poids en grandissant.

Il était le rappel vivant de l'infidélité de sa mère, une menace constante pour elle. C'était une pression qu'il ne souhaitait à aucun enfant, surtout pas au sien, et même si les circonstances actuelles étaient différentes, il ne laisserait rien au hasard.

Ce bébé serait reconnu, et grandirait entouré de ses deux parents.

Mais avant d'en informer Ivy Dean, il fallait d'abord accomplir certains préparatifs. Nazir regagna son bureau et convoqua une réunion d'urgence avec certains de ses hauts responsables. Son commandant en second, un ancien des forces spéciales de la marine en Californie, haussa les sourcils à cette annonce, mais nul ne questionna Nazir. Nul ne l'aurait osé. C'était une affaire privée.

Une fois les dispositions nécessaires mises en place, Nazir ordonna qu'on amène Ivy Dean dans son bureau. Il s'était demandé quelle serait la meilleure façon de lui annoncer la nouvelle, mais comme elle n'en serait guère enchantée de toute façon, autant aller droit au but.

Elle aurait besoin d'un temps d'adaptation qu'il était prêt à lui accorder, même s'il ne tolérerait pas un refus, étant donné les enjeux. Il ne pourrait pas non plus la laisser partir. Ce serait un problème pour elle, mais il ne changerait pas d'avis. C'était nécessaire, et plus vite elle le comprendrait, mieux cela vaudrait.

Cinq minutes plus tard, la porte de son bureau s'ouvrit, et ses gardes entrèrent avec une Ivy Dean très contrariée. Elle serrait les mâchoires, et ses yeux clairs étincelaient.

Nazir la jaugea d'un regard impersonnel. Sa fatigue était maintenant plus apparente, elle avait les yeux cernés, et son maintien était raide. Le moment était mal choisi pour qu'il fasse son annonce, alors qu'elle avait besoin de repos, mais là encore plus vite il en aurait fini et plus vite elle accepterait les choses.

— Monsieur Al-Rasul, commença-t-elle avec colère, vous devez me dire ce qui se passe, et tout de suite !

Nazir décocha un regard à ses gardes, qui quittèrent aussitôt la pièce en refermant la porte derrière eux.

— Asseyez-vous, ordonna-t-il en désignant le fauteuil placé devant son imposante table de travail en chêne.

— Merci, mais je resterai debout.

Quelle entêtée ! Il se leva et contourna son bureau, remarquant qu'elle se raidissait encore plus à son approche. Visiblement, elle était mal à l'aise en sa présence.

S'appuyant contre le bureau, il croisa les bras.

— Vous jugerez peut-être préférable de vous asseoir.

— Il y a des heures que je suis assise. Je ne tiens pas à le rester.

Sa vive agitation était perceptible. Elle avait besoin de canaliser toute cette énergie. Lorsqu'un de ses soldats était agité de cette manière, l'exercice physique ou un entraînement militaire intense était un bon moyen d'évacuer la tension nerveuse. Mais il ne pouvait pas appliquer cette solution à Ivy Dean.

Il y a d'autres moyens de dépenser son énergie...

Et il ne choisirait pas non plus cet exutoire, si grande fût l'envie qu'en eût la part la plus virile de son anatomie. Il épouserait Ivy Dean, mais ce serait uniquement une union de convenance. Il aurait du mal à la convaincre qu'elle ne pourrait pas partir, et plus encore qu'elle devrait se marier avec lui. Quant à consommer leur union, ce serait pousser le bouchon un peu loin...

Ses sens demeuraient échauffés, cependant, lui rappelant les besoins sensuels qu'il avait négligés trop longtemps. Eh bien, il y remédierait, mais peut-être pas tout de suite.

— À votre guise, lui dit-il. Mais vous avez encore besoin d'un peu de repos.

— Non, monsieur Al-Rasul. J'ai besoin de savoir ce qui se passe.

— J'ai pris une décision au sujet de l'enfant.

Elle parut se raidir encore plus.

— Et ? Parlez, bon sang ! Il faut que je rentre à Mahassa ce soir, parce que...

— Vous ne retournerez pas à Mahassa. Ni ce soir ni demain.

— Pardon ?

— Vous allez rester ici, dans la forteresse. Où je peux vous protéger et protéger mon enfant.

— Pardon ? Que voulez-vous dire par « rester dans la forteresse » ? Et contre quoi voulez-vous me protéger ?

— Contre *qui*. Et pour ce qui est de rester, c'est à prendre au sens littéral. Je crains de ne pas pouvoir vous laisser partir.

— Pourquoi ? demanda-t-elle d'une voix vibrante de fureur.

Nazir l'observa, soupesant son agitation et l'éclat de son regard. Un bon chef devait savoir évaluer le bien-être de ceux qu'il commandait, et il avait appris à juger ses hommes. Il savait jusqu'où les pousser, et à quel moment freiner, au contraire. Il savait quand ils avaient besoin de repos, d'être mis au défi pour tromper leur ennui, ou qu'on leur insuffle de l'assurance ou leur rappelle leurs insuffisances s'ils se montraient arrogants.

Rien de tout cela ne correspondait à l'état d'Ivy Dean. Elle était fatiguée, au bout de ses forces. Et la nouvelle était peut-être plus qu'elle n'en pouvait supporter.

— J'ai de nombreux ennemis, mademoiselle Dean, lui dit-il. Et votre présence ici a forcément été remarquée. Rares sont les femmes qui se présentent à ma porte, et elles ne sont jamais enceintes. On en tirera des conclusions. Exactes, en l'occurrence.

Ivy Dean fronçait toujours les sourcils.

— Alors, qu'en concluez-vous ?

— J'en conclus que si vous retournez à Mahassa, vous pourriez être en danger à cause de ceux qui voudraient se servir de vous et du bébé pour se venger de moi.

— Vous ne parlez pas sérieusement ?

— Il y a beaucoup de choses que vous ne comprenez pas, en ce qui me concerne, expliqua-t-il. L'une d'elles est que je représente un danger pour beaucoup de gens puissants. De gouvernements. Et s'ils découvrent que j'ai un enfant…

Il n'acheva pas sa phrase, ce n'était pas nécessaire. Une expression de compréhension passa sur les traits d'Ivy Dean.

— Mais pourquoi voudraient-ils… ? Vous êtes donc un guerrier *cruel*, monsieur Al-Rasul ?

— C'est une conversation que je préfère remettre à plus tard. L'important, pour le moment, est que vous compreniez qu'en venant ici vous vous êtes mis en danger, vous et le bébé. Et il est impératif que vous restiez dans la forteresse, où je peux vous protéger.

Sa rougeur coléreuse commença à refluer, ce qui accentua les cernes qui lui bleuissaient les paupières.

— Ce n'était pas mon intention, dit-elle, sa voix cristalline se brisant un peu. Je faisais ça pour Connie. Je n'aurais jamais…

Nazir fronça les sourcils à son tour, car elle était soudain très pâle, et il n'aimait pas ça.

— Asseyez-vous, lui ordonna-t-il. Avant de vous écrouler.

Elle se redressa, plissant ses yeux d'or.

— Non. Parlez-moi de ce danger. Combien de temps dois-je rester ? Parce que j'ai une vie en Angleterre, et je dois la reprendre. Et le bébé ? Et ma chambre d'hôtel à Mahassa ? Mes affaires s'y trouvent, mon passeport est dans le coffre. Et le consulat ? Si je quitte Inaris et rentre en Angleterre, je serai sûrement en sûreté, là-bas.

Il attendit qu'elle ait terminé, non sans admiration pour la volonté obstinée dont elle faisait preuve. Même épuisée, et en état de choc, elle croisait le fer avec lui.

— Non, vous ne le serez pas, lui asséna-t-il. Vous ne serez à l'abri que dans la forteresse. Quant à vos affaires, j'ai envoyé quelqu'un les chercher.

Elle lissa avec nervosité sa tunique.

— Mais combien de temps tout ça prendra-t-il ? J'ai

encore une semaine de congé, puis il faudra que je rentre en Angleterre.

Nazir s'écarta du bureau, vint près d'elle, la saisit par les épaules et, avec une fermeté qui n'était pas exempte de douceur, la mena au fauteuil placé devant sa table.

Elle devait être en état de choc, car elle ne résista pas, se contentant de le fixer avec appréhension. Sa peau fine était bien trop pâle sous son hâle. Elle n'était pas faite pour la chaleur du désert, et son physique fragile n'était pas adapté à la vie dans sa forteresse. Cette délicate rose anglaise ne survivrait pas à la rude existence d'ici. Par chance pour elle, il disposait d'une serre…

— Mademoiselle Dean, dit-il d'un ton radouci, il va falloir que vous restiez au moins jusqu'à la naissance du bébé. Ensuite, nous négocierons. Vous avez dit qu'un enfant devait être désiré. Je suis de votre avis. Et je désire cet enfant. Mais si je dois le reconnaître, il faut que vous compreniez certaines choses. Mon nom est dangereux. Il représente à la fois un risque et une protection. Pourtant, je veux que mon enfant le porte, et la mère de cet enfant aussi.

Ivy Dean le dévisagea d'un air interdit.

— Votre nom ?

Nazir comprit qu'il devait être encore plus clair.

— Je vais vous épouser, dit-il. Et je crains d'avoir à insister sur ce point…

Ivy était sûre d'avoir mal compris. Venait-il vraiment de dire qu'elle devait l'épouser ? Cela ne pouvait pas être vrai. Elle ne le connaissait pas. C'était un parfait étranger pour elle. Qui se mariait avec un inconnu ? Personne, sauf dans quelque émission de télé-réalité insensée. N'est-ce pas ?

Les traits si virils du cheikh étaient durs et tendus, toujours aussi indéchiffrables, et la couleur de ses yeux avait quelque chose de saisissant, par contraste avec sa peau couleur de bronze et ses épais cils noirs.

Elle ne pouvait pas s'empêcher de les fixer. C'était une couleur extraordinaire, cristalline, qui évoquait le gel, la neige et les glaciers. Une étrange note de froideur sous le soleil du désert. Et il avait un corps de braise, elle sentait la chaleur qui irradiait de lui. Qui lui donnait envie de tendre les mains vers lui comme vers un feu réconfortant…

Oui, mais… ce feu-ci n'avait rien de réconfortant, elle en avait plus ou moins conscience. Il avait le pouvoir de l'embraser, de la brûler, si elle n'y prenait garde.

Avec effort, Ivy tenta de ramener son esprit à la situation présente. Cet homme. Un mariage…

— Non, dit-elle avec effort. C'est insensé. Je ne peux pas… vous épouser. Vous n'êtes pas sérieux !

Il ne fit pas un mouvement. Il semblait aussi solide que le granit, aussi inébranlable qu'un rocher, et elle aurait beau le pousser, il ne bougerait pas. En lui, rien ne cédait.

— Vous ne devriez pas refuser, dit-il de sa voix dure, profonde. Comme je vous l'ai dit, j'insiste.

Secouée, elle eut du mal à cacher son choc.

— Et si j'étais déjà mariée ? Et si j'avais un compagnon ?

— Êtes-vous mariée ? Avez-vous un compagnon ?

— Non, mais…

— Dans ce cas, il n'y a pas de problème.

Elle sentit la panique la gagner.

— Pourquoi ? Pourquoi dois-je vous épouser ?

— Cela vous donnera une protection certaine sur le plan juridique, en particulier ici, où mon nom est connu. Et puis, la mère de mon enfant devrait être ma femme.

— Mais c'est… archaïque. Les gens ne sont plus obligés de se marier, de nos jours !

— Je me moque de ce que font les gens. Mon enfant aura ses deux parents, et il convient que ces parents soient unis par les liens du mariage.

— Nous ne nous aimons pas. Vous êtes un inconnu pour moi.

Il fronça les sourcils.

— Qu'est-ce que l'amour a à voir là-dedans ?

— Seuls les gens qui s'aiment se marient.

Ivy avait conscience d'être ridicule, pourtant elle était incapable de s'arrêter. Elle commençait à être submergée par la panique, ce qui ne lui ressemblait pas du tout.

D'ordinaire, elle ne se laissait pas emporter par ses émotions. Aussi ne savait-elle absolument pas pourquoi elle avait la sensation de perdre pied.

L'effet de la grossesse, des hormones, sûrement. Et de ce cheikh arrogant.

— J'ignore dans quel conte de fées vous avez vécu, mademoiselle Dean, mais ici c'est la vraie vie.

Nazir al-Rasul fronça encore plus les sourcils, comme s'il voyait dans son expression quelque chose qui ne lui plaisait guère.

— Ce n'est pas un véritable mariage que je préconise, vous le comprenez ? Il semblera l'être publiquement, mais en privé ce ne sera qu'une formalité légale. Un contrat.

Ivy se sentit soudain soulagée d'une tension dont elle n'avait pas eu conscience, même si elle n'était pas très sûre de se sentir à présent mieux ou plus mal.

Mieux, oui, nettement mieux. Car pourquoi, au nom du ciel, aurait-elle été *malheureuse* qu'il ne s'agisse pas d'un véritable mariage ? Ce n'était quand même pas comme si elle avait envie de coucher avec lui !

Ignorant le curieux frémissement qui la prenait à cette idée, elle lâcha :

— Désolée, mais je ne me sens pas mieux pour autant. D'autant que vous me dites que je suis en danger et que je dois rester ici jusqu'à la naissance du bébé.

— Vos sentiments importent peu en la matière, déclarat-il en se redressant. La sécurité et le bien-être de mon enfant sont tout ce qui compte.

— C'est mon enfant aussi, dit étourdiment Ivy.

Le cheikh haussa un sourcil.

— Je croyais que c'était celui de votre amie ?

Une onde de chaleur la parcourut, suivie d'une bouffée de colère envers cet homme qui avait pris le contrôle de la situation et la faisait se sentir impuissante, désemparée. Tout comme elle l'avait été autrefois, elle, la pauvre orpheline que personne ne voulait adopter. Personne n'avait voulu d'elle. Et elle n'avait rien pu y faire. Absolument rien.

Ivy se mit debout, réalisant trop tard qu'elle était toute proche du cheikh. Il était si grand qu'elle se sentait minuscule face à lui. Il avait l'odeur du désert, chaude et sèche, avec une note épicée troublante qui accélérait les battements de son cœur et lui coupait le souffle.

Un nuage noir envahit son champ de vision, et elle n'eut même pas conscience de défaillir, jusqu'à ce que le cheikh fasse un mouvement et qu'elle sente autour d'elle un bras musclé, l'attirant contre un corps chaud et dur comme le granit.

Elle laissa échapper un soupir, ses mains s'élevant machinalement pour se poser sur son torse viril et lui permettre de reprendre son équilibre. Soudain, une part enfouie d'elle-même eut envie de fermer les yeux et de se reposer contre cette poitrine solide, comme sur une pierre chauffée par le soleil.

Son regard persistant la transperçait, son bras la tenait prisonnière, et elle ne pouvait même pas bouger. Elle avait épuisé son énergie en venant ici, en se confrontant à lui, puis en se retrouvant enfermée dans cette forteresse. Il y avait aussi eu cette annonce fracassante qu'elle ne pouvait pas partir, qu'elle devait l'épouser. Qu'il reconnaîtrait le bébé…

Elle était très fatiguée et, au fond d'elle-même, avait

très peur. Connie n'était plus là, elle voulait désespérément faire au mieux pour son amie, pour l'enfant qu'elle portait, mais n'était pas sûre d'y parvenir. Et elle n'avait jamais imaginé qu'elle aurait à assumer cela toute seule…

Partagée entre la peur et le chagrin, Ivy n'arrivait pas à les démêler, et voilà qu'elle était au bord des larmes, à présent. Elle ferma les yeux, l'entendit marmonner quelque chose qui sonnait comme un juron, puis fut soulevée entre ses bras.

Elle aurait dû lutter, protester, mais elle ne réagit pas. Les quatre semaines qui avaient suivi la mort de Connie avaient été trop dures, elle était à bout de forces.

Elle réalisa confusément qu'on l'emportait hors du bureau, dans des couloirs sombres. On ne l'avait pas portée ainsi depuis son enfance. En fait, maintenant qu'elle y pensait, cela s'était-il jamais produit ? Il y avait en tout cas bien longtemps qu'on ne l'avait pas enlacée, touchée. Elle n'en avait même pas le souvenir…

Elle pouvait peut-être se laisser aller comme ça un moment. Ce n'était pas grave. Rien qu'un instant ou deux. Elle posa la joue contre le lin du kimono, humant l'odeur légèrement épicée qui émanait du cheikh. Elle percevait le battement de son cœur, régulier et réconfortant.

Il y eut un bruit de porte ouverte et fermée, puis l'atmosphère se modifia, devenant moins aride, plus fraîche. Une lumière vive filtrait à travers les paupières d'Ivy, et sans cette absence de chaleur suffocante elle se serait crue dehors. C'était aussi plus paisible, plus calme, et elle entendait, quelque part, le son cristallin d'une fontaine.

Puis elle sentit qu'on la déposait sur quelque chose de doux et, pendant un instant fugace, ses doigts se cramponnèrent à lui. Elle se força à céder. Son moment de faiblesse se dissipait, et elle devait maintenant affronter la réalité.

Ivy se contraignit à ouvrir les yeux.

Elle se trouvait dans une pièce aérée, avec un haut

plafond, des murs recouverts de carreaux blancs à motifs bleus et verts. Le sol était en pierre claire, ponctué de tapis soyeux avec des couleurs assorties à celles des murs, et aussi des rouges intenses. De grandes fenêtres donnaient sur un passage ombreux à colonnes, entourant une ravissante petite cour abondamment fleurie. Elle aurait même juré entendre le chant d'un oiseau.

Il y avait quelques divans bas aux coussins en soie, des tables apprêtées pour accueillir des boissons, une collation ou des livres. Des bibliothèques ouvertes en bois sculpté se dressaient contre les murs, leurs étagères pleines d'ouvrages dont la plupart étaient en anglais.

Elle ne savait pas très bien ce qu'était cette pièce, mais elle paraissait plus luxueuse et confortable que l'austère bibliothèque dont on l'avait sortie. Le cheikh l'avait allongée sur un des divans, incroyablement confortable, et elle n'avait vraiment pas envie de bouger. La pièce était fraîche, apaisante, tranquille, et elle n'avait qu'une envie : rester là, dormir peut-être et oublier les semaines écoulées.

Mais le cheikh, accroupi près d'elle, l'examinait de son regard aigu, tel un médecin qui se demanderait quel traitement appliquer à son patient. Cela lui donnait la sensation d'être à nu, vulnérable, et elle était très tentée de fermer les yeux, de le faire ainsi disparaître et imaginer qu'il n'existait pas. Mais cela ne lui serait d'aucune aide, hélas !

Il existait bel et bien, et il était le père de ce bébé. Un bébé qu'il voulait reconnaître… tout comme elle.

Elle n'avait jamais été lâche, alors elle ne pouvait pas se défiler maintenant, si grande fût l'envie qu'elle en eût.

— Je suis désolée, dit-elle avec raideur. Je ne voulais pas m'évanouir comme ça.

Elle tenta de se redresser, mais il la ramena avec douceur en position allongée, sa main chaude pesant sur son épaule.

— Vous avez besoin de repos, dit-il avec autorité.

Ensuite, vous aurez envie d'une douche, de vêtements propres et d'un bon repas. Il faut beaucoup boire, aussi.

Ivy se hérissa, agacée par son ton péremptoire.

— Et ne discutez pas, dit-il avant qu'elle puisse parler. Non seulement ce serait gâcher votre énergie, mais vous savez aussi que j'ai raison.

Oui, il avait raison – que le diable l'emporte !

— Je n'aime pas recevoir des ordres.

— Ah oui ?

Elle aurait juré que le pli dur de sa bouche s'était assoupli.

— En fait, moi non plus, lui confia-t-il. Cependant, si quelqu'un me disait de manger, et que j'aie conscience d'en avoir besoin, j'obéirais sans discuter.

L'étrange émotion qui l'avait saisie s'estompait déjà, emportant avec lui sa colère et son obstination à résister. Elle n'avait pas l'énergie pour ça, et d'une certaine façon, dans ce lieu frais et calme, l'envie s'était dissipée.

— Cela n'a pas aidé de me dire que je n'étais pas autorisée à partir et que vous alliez m'épouser.

— En effet, reconnut-il. Mais vous deviez être informée de mes intentions, et plus tôt je le faisais, plus vous aviez le temps de vous y accoutumer.

— Rien ne vous contraint au mariage. Je suis sûre qu'il y a des moyens plus simples de me protéger et de protéger le bébé.

Il se leva d'un mouvement étonnamment gracieux et fluide, puis se retourna, gagna un autre divan et prit le plaid qui y était abandonné.

— Possible. Mais j'en ai décidé ainsi.

Il revint vers elle et la couvrit avec le tissu soyeux.

— Nous en parlerons plus tard. Pour le moment, vous avez besoin de sommeil. Je n'ai pas envie que vous vous évanouissiez encore dans mes bras.

Ivy lui décocha un regard indigné, alors qu'il la bordait avec le plaid.

— Je ne me suis pas vraiment évanouie.

— Pâmée, alors, dit-il d'un ton égal.

Elle le regarda d'un air soupçonneux. Était-il en train de la taquiner ? Il n'avait pourtant pas l'air de manier l'ironie.

— Une pâmoison ? Est-ce que les femmes se pâment, de nos jours ? Moi pas, en tout cas !

Il conserva une expression énigmatique.

— Vous pourriez. Dans d'autres circonstances, peut-être.

Une langueur délicieuse s'empara d'elle, comme si la chaleur du plaid et le murmure de la fontaine avaient sur ses nerfs un effet apaisant. Elle lutta un instant, résolue à avoir le dernier mot.

— Et quelles seraient ces circonstances ?

Un coin de la bouche du cheikh se releva pour de bon, et il y eut au fond de son regard un éclat singulier qui, pour une fois, n'était pas glacial.

— Dormez bien, mademoiselle Dean, dit-il.

Et, à sa grande contrariété, ce fut ce qu'elle se surprit à faire, accompagnée par cette ébauche de sourire jusque dans ses rêves.

5.

Nazir se sentait étrangement plein d'énergie, sans trop savoir pourquoi. L'opération qu'il venait de mener et le manque de sommeil dont il avait souffert avant qu'Ivy Dean se présente chez lui auraient pourtant dû se traduire par une certaine fatigue.

Pourtant, il ne se sentait pas fatigué, dans son bureau, cet après-midi-là, tandis qu'il prenait d'autres dispositions au sujet d'Ivy Dean. Il avait confié à un de ses assistants le soin de trouver un maximum d'informations sur elle, puis passé une heure à lire sur son portable ce qu'on lui avait envoyé.

Au premier coup d'œil, il s'agissait d'une jeune femme ordinaire, directrice d'un foyer d'accueil pour enfants à Londres. Elle n'avait pas de famille, avait grandi dans le foyer qu'elle dirigeait, d'excellente façon si les données financières étaient exactes. Elle y passait apparemment tout son temps, ne voyageait pas, ne sortait pas, ne semblait pas non plus avoir beaucoup d'amis. Elle menait, au premier abord, une vie modeste, et ce portrait ne cadrait pas avec la personne vive, susceptible, fougueuse qui s'était présentée à sa porte.

C'était sans aucun doute une femme compétente, courageuse, qui n'avait pas hésité un instant à s'opposer à lui, à argumenter. Qui l'avait défié malgré sa peur. Qui avait dit qu'elle ne considérait pas le bébé comme le sien, mais avait posé sur son ventre une main protectrice et semblait convaincue qu'elle attendait un garçon.

Une femme réfléchie en apparence, qui cachait une certaine... fougue.

Il y avait en elle des contrastes fascinants, il devait le reconnaître. Elle était fâchée contre lui, pourtant quand elle avait eu une défaillance et qu'il avait dû la retenir pour l'empêcher de tomber, elle n'avait pas protesté. Elle s'était abandonnée contre lui, chaude et douce, délicatement féminine. Cela l'avait surpris, même s'il ne savait pas très bien pourquoi. Il avait découvert ses courbes délicieuses, la rondeur de son ventre se pressant contre lui. Et elle avait une senteur où se mêlaient un léger parfum de musc et une autre odeur plus subtile, grisante, qui lui avait rappelé le parfum du jasmin qui poussait devant les appartements de la sultane, au palais.

Il ne savait pas très bien quelle impulsion l'avait poussé à l'emmener dans la partie de la forteresse qui, plus d'un siècle auparavant, avait abrité le harem. Son père l'avait fait réaménager pour la mère de Nazir, afin d'abriter leurs amours interdites, et s'il était tentant pour Nazir d'y amener ses maîtresses, car c'était une aile du bâtiment bien plus agréable que la forteresse elle-même, il ne l'avait jamais fait. Risquer de révéler où se trouvait son repaire pour une ou deux nuits de plaisir sensuel... le jeu n'en valait pas la chandelle.

Pourtant, il n'avait pas hésité à conduire Ivy Dean dans le ravissant salon que sa mère avait toujours aimé. Cela lui avait semblé... juste. Par ailleurs, il n'avait pas d'autre endroit où l'emmener. Il y avait bien des pièces réservées aux traitements médicaux, mais tout y était austère, utilitaire, pas du tout confortable pour elle.

Il n'aurait pas dû se soucier de son confort – pas plus que de ses sentiments – et, cependant, il se surprenait à se soucier de l'un comme des autres. C'était perturbant. Il ne pouvait pas se laisser distraire, alors qu'il devait veiller sur toute une armée et collaborer avec tant de gouvernements étrangers, sans parler des intérêts privés qu'on lui confiait ! Il y avait aussi l'hostilité croissante du sultan envers lui et son armée privée, qui devenait rapidement plus puissante que celle d'Inaris.

La vie de son père avait été détruite par son obsession pour la sultane, et son bannissement en avait fait un homme brisé et amer. Nazir ne serait pas comme lui. La passion sensuelle était acceptable, mais côté cœur il avait veillé à faire le vide en lui.

Autrefois, c'était différent. Du temps où il grandissait, son éducation âpre dans la demeure de son père avait été égayée par ses rares rencontres avec sa mère. Il n'avait vécu que pour ces entrevues, ces brefs moments où il avait droit à de la chaleur, de la douceur et de la compréhension. Ces moments où il était aimé. Mais ils ne duraient pas, et ils ne lui avaient jamais suffi.

Cela avait toujours été son problème. Il en voulait toujours plus. Il avait fini par apprendre sa leçon, se contenter de ce qu'il avait, mais pour ses parents il était trop tard. C'était sa faute, et il le savait. Alors, désormais, il ne désirait rien.

En ce cas, à quoi ce mariage te mène-t-il ? Es-tu donc prêt à une vie d'abstinence ?

Nazir se renversa contre le dossier de son fauteuil, considérant d'un air rembruni l'écran de son portable.

Son père avait été faible, en ce qui concernait ses appétits sexuels, et Nazir avait méprisé son désir pour la femme d'un autre, même si c'était de ce désir que lui-même était né. Nazir était maître de lui en tout, comme il convenait pour un bon meneur d'hommes, et il plaçait aussi très haut la loyauté.

Cependant, il n'était pas enclin à ignorer ses besoins physiques. Ils pouvaient perturber sa capacité à accomplir son travail, et il fallait donc en tenir compte. Son corps était une machine, en prendre soin lui permettait d'être opérationnel à son meilleur niveau, alors il n'y avait pas lieu de lui dénier ce qu'il lui fallait pour fonctionner.

La question du sexe était donc pertinente.

S'il épousait Ivy Dean, il lui faudrait trouver un exutoire sexuel, et il n'aimait pas l'idée d'une autre femme. Il pourrait se montrer discret, ce n'était pas un problème, et préserver les apparences afin que chacun le croie fidèle à son épouse, mais le problème était qu'il saurait, lui, qu'il ne l'était pas. Qu'Ivy Dean s'en soucie ou pas – elle ne s'en soucierait probablement pas –, lui y attacherait de l'importance.

Il était issu d'une liaison extra-conjugale, laquelle s'était mal terminée pour les personnes concernées. Cette liaison l'avait privé de sa mère, qu'il n'avait pu voir qu'en de brèves occasions où ils ne pouvaient pas manifester ouvertement leur affection, alors qu'elle déversait tout son amour sur son unique fils légitime. Elle n'avait pas pu reconnaître Nazir, sous peine d'encourir la colère du sultan, et cela leur avait causé à tous deux un immense chagrin. Nazir n'aurait souhaité cela à aucun de ses enfants, aussi, le mariage qu'il viendrait à contracter devrait être sacré.

Agité, ce qui ne lui ressemblait guère, Nazir se leva de son bureau et gagna la fenêtre donnant sur une des jolies cours intérieures de la forteresse, conçues comme un contrepoids reposant aux sables du désert. La fontaine et la végétation abondante l'aidaient à se détendre, à clarifier ses pensées.

Pourtant, cette fois, la vue des arbres et des buissons ne lui fut d'aucun secours. Il y avait de la turbulence en lui, une agitation suscitée par la femme qu'il connaissait depuis quelques heures à peine.

Il n'avait pas d'autre option que le mariage. Il lui était impossible de ne pas reconnaître son propre enfant, en dépit du danger, alors qu'il avait lui-même été conçu dans le secret. Et si cette reconnaissance était risquée pour Ivy Dean et le bébé, elle les protègerait aussi. Il avait pensé au départ à une union de convenance, mais il ne serait guère commode pour lui de rester chaste. Et puisqu'il n'acceptait pas de prendre des maîtresses, cela ne lui laissait qu'une possibilité.

Et elle ? Que fais-tu de ses sentiments ?

Il avait déjà dit à Ivy Dean que ses sentiments n'avaient pas à être pris en considération. Cependant, il ne s'était jamais imposé à une femme, et il ne le ferait jamais. Ivy Dean paraissait fragile, mais s'il la persuadait de partager son lit, il pourrait restreindre ses appétits sexuels.

Et si elle ne veut pas de toi ?

Cependant, il n'aurait pas juré qu'il y aurait cette difficulté. Il y avait eu quelque chose… d'électrique entre eux, dans le poste de garde. Elle n'avait pas pu rompre leur contact visuel, et les rares fois où elle l'avait fait, il avait remarqué qu'elle fixait la partie dénudée de son torse. Tout à l'heure, lorsqu'il l'avait allongée sur un divan du salon, elle avait crispé les doigts sur le tissu de son kimono comme si elle ne voulait pas s'écarter de lui…

Oui, elle avait de l'intérêt pour lui, il en était certain.

Une onde de chaleur le traversa, qu'il refoula aussitôt. Si les sentiments d'Ivy Dean n'avaient pas à être pris en compte, alors les siens encore moins. C'était de son enfant qu'il s'agissait !

On frappa à la porte.

— Entrez, dit Nazir, se détournant de la fenêtre.

Un de ses gardes entra pour l'informer que les affaires d'Ivy Dean avaient été rapportées de Mahassa, qu'elle s'était réveillée et avait été conduite à ses nouveaux appartements.

— Faites préparer un repas dans le salon dans deux heures, ordonna Nazir. Veillez à ce que les mets lui plaisent et conviennent à une femme enceinte. Je me joindrai à elle.

Deux heures plus tard, il entrait dans le salon.

Il s'était douché et changé, et était à présent vêtu d'un T-shirt noir, d'un pantalon de treillis et de chaussures de marche, noirs également. Ce n'était peut-être pas la tenue adaptée pour parler mariage ou fiançailles, mais à quoi bon faire semblant d'être autre chose que ce qu'il était : un soldat, un meneur d'hommes ? Il avait un uniforme, mais préférait ses vêtements civils, plus confortables et mieux adaptés au combat. Si une urgence survenait, il n'avait pas à se changer.

Comme il l'avait ordonné, un repas avait été disposé sur une table basse : du pain frais sans levain, des olives, de l'houmous, du poulet ; une salade spécialement préparée. De l'eau très fraîche et de la limonade. Et, pour parachever le tout, un de ses employés avait allumé des bougies dans de petits photophores colorés éclatants comme des pierres précieuses, qui projetaient alentour des lumières scintillantes.

Nazir se promit d'accorder un bonus à son équipe en cuisine, puis regarda autour de lui, puisque la femme à qui tout cela était destiné ne semblait pas présente.

Soudain, une petite silhouette émergea de l'endroit où elle était accroupie, près d'une étagère – une femme en pantalon de yoga noir et ample T-shirt bleu, ses longs cheveux châtains retenus sur la nuque en une queue-de-cheval décontractée. Elle tenait une pelle dans une main et dans l'autre une balayette.

— Mademoiselle Dean, grommela Nazir, mais que diable faites-vous ?

Elle se retourna vivement, posant sur lui ses magnifiques yeux couleur d'ambre clair. Maintenant qu'elle avait échangé ses tuniques empoussiérées contre des vêtements plus près du corps, il voyait ses formes féminines. Elle était ravissante, avec sans doute une taille de guêpe quand elle n'était pas enceinte. Pour le moment, elle avait des seins généreux et un petit ventre arrondi qu'épousait le tissu de son T-shirt.

Nazir se surprit à la fixer, fasciné. Ce ventre abritait son enfant. Le sien…

— Oh ! c'est vous, fit-elle en plissant un peu le front.

La lumière des bougies dansait sur sa chevelure, épaisse et légèrement bouclée, d'une belle et riche couleur châtain.

— J'époussète les plinthes. On les néglige souvent, et il y avait une effroyable quantité de poussière près de cette bibliothèque.

— Vous époussetez les plinthes ? répéta Nazir.

— C'est une jolie pièce, continua Ivy Dean en regardant autour d'elle d'un air approbateur. Mais elle aurait besoin d'un coup de plumeau. Et il faudrait secouer aussi certains tapis.

Nazir tenta de rappeler à lui son autorité naturelle, mais elle s'était volatilisée. Il se surprit à avoir envie de rejoindre Ivy Dean, de lui ôter cette balayette et cette pelle ridicules des mains, et de caresser avidement son ventre et le reste de son corps, de redessiner son ravissant corps, de toucher cette peau pâle et délicate pour savoir si elle était aussi douce et soyeuse qu'elle en avait l'air.

Soudain, son corps répondit à cette injonction instinctive malgré sa raison qui tentait de l'en empêcher, et il avança jusqu'à elle qui le dévisageait avec des yeux écarquillés. Et il lui eut enlevé la pelle et la balayette des mains avant même qu'elle ait pu l'esquiver.

— Mais qu'est-ce que vous faites ? demanda-t-elle, choquée.

— Ça, fit-il en lâchant la pelle et la balayette, qui échouèrent au sol avec fracas.

Et il l'attira à lui.

Les grandes mains chaudes du cheikh se posèrent sur les hanches d'Ivy, et son corps tout entier en frémit.

Maintenant qu'il n'avait plus son kimono et portait ces vêtements noirs proches du corps, il apparaissait dans toute sa puissance. Elle en avait eu le souffle coupé lorsqu'elle l'avait découvert dans le salon. Le coton de son T-shirt noir épousait ses larges épaules et son torse, mettait en valeur son corps impressionnant et la teinte de sa peau.

C'était un homme intensément dangereux, elle le savait. Elle le sentait dans sa chair. Pourtant, elle était sûre aussi que son danger n'était pas physique. Il ne lui ferait pas de mal. Le danger, qu'elle n'aurait pas su identifier, venait d'ailleurs…

Elle avait les tempes battantes, la bouche sèche. Les mains posées sur ses hanches, très chaudes, la tenaient fermement, et ses yeux d'un bleu glacial avaient un éclat singulier alors qu'il l'attirait à lui. Il y avait quelque chose de… primitif dans la façon dont il la regardait, quelque chose de possessif qui accélérait les battements de son cœur. Et ce n'était pas par peur. Jamais personne ne l'avait regardée comme il le faisait. Comme si elle lui appartenait. Comme si elle était sienne.

— Monsieur Al-Rasul, dit-elle d'une voix rauque – et elle n'aurait pas su dire si c'était une protestation ou un encouragement.

Il n'y prêta aucune attention, baissant les yeux vers son ventre. La tenant toujours d'une main, il plaça son autre paume sur le renflement de son ventre et l'y promena d'un geste scandaleusement possessif.

Ivy se figea. La caresse était d'une grande douceur, et pourtant elle déclencha comme une onde de choc dans tout son corps. La chaleur de ses doigts lui fit l'effet d'une brûlure à travers le tissu de son T-shirt. Elle ne pouvait plus bouger, ne retrouvait plus son souffle.

La dernière fois qu'elle avait été touchée, c'était lors de

l'ultime, presque impalpable étreinte de Connie, avant sa mort. En fait, Connie était la seule à l'avoir touchée avec affection. Personne d'autre ne l'avait fait. Ni au foyer ni à l'école. Et personne d'autre depuis qu'elle était adulte.

Cette sensation la secouait, faisait naître en elle une nostalgie douloureuse, perturbante. Une faim qui n'avait rien à voir avec le besoin de s'alimenter.

Mais pourquoi restait-elle ainsi, sans réagir ? Le laissant la toucher comme s'il en avait le droit. Car il n'en avait aucun droit. Elle n'était pour lui qu'une étrangère et… et…

— Arrêtez ! dit-elle, mortifiée de sentir qu'elle tremblait de tous ses membres.

Il capta son regard, le soutint, et dans ses yeux clairs elle vit soudain quelque chose de brûlant. Il écarta les doigts sur son ventre.

— Cela m'appartient, dit-il. Et vous aussi.

Elle se raidit.

— Mais qu'est-ce que vous racontez ? Je ne vous appartiens pas !

— Si, dit-il avec un regard incandescent. Vous êtes venue à moi avec mon enfant. Donc, vous êtes mienne.

De nouveau, elle fut parcourue d'un frisson. Rien de tout cela n'avait de sens. Elle connaissait à peine cet homme ! Personne n'avait voulu d'elle. Elle était restée, au foyer, la seule enfant à ne pas être adoptée. Elle n'avait jamais eu de famille, de parents qui l'aimaient et veillaient sur elle, de frères et sœurs avec qui connaître les disputes ou le partage. Elle avait grandi sans être désirée et, cependant, s'était créé la « famille » qu'elle pouvait. Connie, qui avait elle aussi grandi au foyer même si elle avait fini par être adoptée, avait été comme une sœur. Ivy n'avait pas tout perdu sur ce plan.

Il n'y avait donc pas de raison pour qu'elle ait cette sensation poignante, pour qu'elle soit si avide, pour qu'elle veuille plus encore …

Ivy s'arracha à l'emprise du cheikh et recula d'un pas, établissant une distance entre eux. Il ne l'en empêcha pas, n'esquissa pas un mouvement, mais l'éclat possessif de son regard ne s'atténua pas.

— Nous avons à discuter de beaucoup de choses, apparemment, dit-il d'une voix âpre. Venez donc manger.

Elle n'avait pas envie de se plier à son injonction. Son désir poignant la mettait sur ses gardes. Ce qu'elle éprouvait la mettait en danger – un danger qu'elle n'aurait pas su formuler, mais ressentait avec force. C'était quelque chose de comparable à ce qu'elle éprouvait, dans l'enfance, lorsqu'elle rencontrait des parents adoptifs potentiels. Lorsque, assise avec eux, elle espérait, et espérait encore, dans le découragement le plus profond. C'était ce désespoir qui les rebutait, elle le savait. Il faisait fuir les gens. Personne n'avait envie d'une enfant désespérée, en manque d'affection. La leçon avait été dure et amère, mais elle avait porté. Ivy s'était défaite de cette dépendance, elle l'avait expulsée, et veillait à ne surtout jamais avoir besoin de quelque chose ou de quelqu'un. Elle s'était donné pour but d'aider des enfants placés, en leur procurant le foyer qu'elle n'avait jamais eu.

Mais au fond, ce désespoir ne l'avait jamais quittée…

Elle refoula cette pensée gênante. Elle n'était plus en manque d'affection, et ne le serait jamais. Quant à l'agaçant cheikh, il avait raison sur un point : elle n'avait pas à se soucier de ses sentiments personnels. Elle devait penser au bébé, à ce qui valait le mieux pour elle et lui. Et si le danger qu'il avait mentionné était réel, c'était auprès de son père que le bébé serait le mieux protégé. Elle devrait donc ignorer ses peurs et accepter de dialoguer avec Nazir al-Rasul.

Tout irait bien. Elle se sentait beaucoup mieux après sa sieste. Quand elle s'était éveillée, un domestique l'avait menée à une série de pièces en enfilade pas très éloignées du salon. Il y avait une chambre, une salle de bains et un petit living qui, comme le salon, donnaient tous sur cette ravissante petite cour, et dont les portes-fenêtres ouvraient sur la galerie à colonnes qui en formait l'enceinte.

Les murs étaient carrelés de blancs, les rideaux blanc et bleu, et les pièces avaient la même atmosphère fraîche, apaisante. La salle de bains était dotée d'une vaste baignoire et d'une grande douche, et sur une étagère s'alignaient divers flacons en verre décoré, contenant du savon, des huiles et des sels de bain.

Les pièces étaient belles, d'un luxe qu'elle n'avait jamais connu et qui l'avait confusément choquée, surtout en comparaison avec l'aspect utilitaire et spartiate du reste de la forteresse. On aurait presque dit qu'ils se trouvaient dans un autre bâtiment, une vision fantasmagorique d'un palais de sultan oriental.

Sa vieille valise noire, posée sur l'immense lit bas proche des fenêtres de la chambre, lui avait semblé encore plus banale en contraste avec tout ce faste. Une petite valise de piètre apparence, avec son maigre lot de vêtements.

La personne qui avait fait visiter les lieux à Ivy avait ouvert une grande armoire en cèdre sculpté remplie de tuniques en soie, dans un arc-en-ciel de couleurs, et lui avait indiqué qu'elle était libre d'y puiser à sa guise. Après son départ, Ivy avait caressé un instant les superbes tissus, puis refermé l'armoire.

Elle n'avait besoin ni de toilettes en soie ni d'un lit à baldaquin ou d'une baignoire gigantesque. Elle s'accorderait le plaisir d'une douche, puis mettrait ses vêtements personnels. Et elle se sentirait alors un peu plus maîtresse d'elle-même.

Cela avait été le cas. Elle s'était rendue au salon pour y attendre le cheikh, décidée à en savoir plus sur ses intentions.

Elle était en avance et, comme elle détestait attendre sans rien faire, avait demandé à la personne qui avait apporté l'alléchant repas une balayette et une pelle pour dépoussiérer le mur proche des bibliothèques. On les lui avait apportés sans commentaire, et elle avait ainsi pu s'occuper. Puis Nazir al-Rasul était entré…

Ivy se surprit une fois encore à poser la main sur son ventre, effleurant la tiédeur qu'y avait laissée la paume du cheikh, et elle eut le sentiment étrange qu'elle ne pourrait jamais se débarrasser de cette sensation de chaleur. Comme si, greffée sous sa peau, elle était devenue une part d'elle-même.

Le cheikh capta son geste, et elle perçut un éclat dans son regard viril. Elle rougit, comme si elle avait révélé un secret.

Irritée, elle retira la main et s'approcha de la table basse où était disposé le repas. On avait arrangé tout autour des coussins au sol, et elle s'assit, non sans éprouver un léger coup au cœur lorsque le cheikh prit place à son tour avec la souplesse gracieuse d'un fauve.

Aussitôt, il disposa des aliments sur une assiette et, comme elle tendait la main pour en saisir une, lui dit d'un ton péremptoire :

— Permettez-moi de vous servir…

Il se pencha pour placer l'assiette devant elle, puis saisit le broc d'eau et lui servit un verre.

Elle considéra son assiette, fâchée de s'apercevoir qu'elle avait une faim de loup. Le pain frais avait une odeur alléchante, les olives étaient brillantes et charnues, les morceaux de poulet cuits à la perfection. C'était énervant !

Elle laissa échapper un soupir imperceptible. En vérité, il n'était probablement pas très judicieux de continuer à s'opposer au cheikh. D'autant que ce n'était pas elle, ici, qui avait le pouvoir. Elle n'était pas habituée à ne pas maîtriser les choses, mais en cet instant elle n'avait guère le choix…

— Merci, se força-t-elle à dire. Pour la nourriture et

pour… l'appartement. Je me serais parfaitement contentée de quelque chose de plus petit et moins luxueux, cela dit.

Il poussa le verre d'eau vers elle.

— Ces pièces n'ont pas servi depuis des années, même si mon personnel les maintient en état. Exception faite de la poussière des plinthes, ajouta-t-il, pince-sans rire.

Ivy se surprit à rougir une nouvelle fois.

— Il n'y a rien de mal à aimer la propreté.

— Certes, fit-il, le pli de sa bouche s'assouplissant un peu.

Il était amusé, ce qui aurait dû l'agacer davantage, et pourtant ce n'était pas ce qu'elle ressentait. Elle avait, au contraire, l'impression d'avoir remporté une victoire, ce qui n'avait pas de sens. Pourtant, elle était plutôt contente d'avoir réussi à l'amuser.

Elle considéra son assiette pour dissimuler sa satisfaction, et se mit à étaler un peu d'houmous sur une tranche de pain.

— Il doit bien y avoir un autre endroit où m'installer, dit-elle. La chambre, en particulier, paraît destinée à une personne de sang royal.

— Vous ne vous trompez pas. Historiquement, cette forteresse était un des palais du désert du sultan, et ces pièces en constituaient autrefois le harem.

Elle eut un frisson, qui n'était pas entièrement déplaisant.

— Je vois, fit-elle.

Il haussa les sourcils, l'air énigmatique.

— Le mot « harem » désigne seulement le quartier des femmes. Cela ne signifie pas « lupanar ».

Elle rougit de plus belle.

— Non, bien sûr que non. Je ne voulais pas suggérer…

— Vous n'avez rien suggéré du tout. Je voulais dissiper tout malentendu potentiel, dit-il en se servant un verre d'eau. Ces pièces étaient celles de la sultane. Plus récemment, celles de ma mère.

Ivy le dévisagea.

— Votre… mère ?

Il bougea sur son coussin, le coude négligemment appuyé sur sa jambe repliée.

— Vous n'étiez pas au courant ? Je suis le fils illégitime du précédent sultan.

Il avait parlé avec décontraction, mais l'éclat de son regard démentait son attitude.

— Oh ! fit-elle en s'efforçant de prendre un ton neutre. Non, je l'ignorais.

— Mon père était le commandant en chef de l'armée d'Inaris. Le sultan était un homme cruel et froid, et ma mère se sentait seule, dit-il tandis que la lumière des bougies dansait sur les méplats aux contours anguleux de son visage. Elle venait passer ici quelque temps hors du palais, et il l'accompagnait souvent.

Malgré elle, Ivy fut prise de curiosité.

— Donc, la forteresse vous appartient, maintenant ?

— Le sultan l'a donnée à mon père, pour finir, dit-il avec un léger sourire qui n'exprimait pas le moindre amusement. Cependant, ce n'était pas un don, mais un bannissement.

— Pourquoi ? ne put s'empêcher de demander Ivy.

— Sa liaison avec ma mère a été découverte, dit le cheikh, qui n'avait toujours pas entamé son repas, ni le contenu de son verre. Dire que le sultan était mécontent est un euphémisme.

De plus en plus curieuse, elle demanda :

— Et que s'est-il passé ?

— Ce n'est pas de mes parents qu'il est question, la coupa-t-il avec douceur, mais de vous et de mon enfant.

Contrariée, elle se mordit la lèvre. Elle envisagea un instant d'insister sur le sujet, puis décida de n'en rien faire. Elle le questionnerait plus tard, peut-être. Ou n'y penserait plus. Peu importait, de toute façon, car c'était sans incidence sur la situation présente.

— Soit, dit-elle, s'arrêtant de manger. Vous ne pouvez

tout de même pas continuer à envisager cette ridicule idée de mariage.

— Vous avez besoin de vous nourrir, dit-il en fronçant les sourcils. Et pendant que vous mangez, je vais vous dire ce qui se passera.

— Comment ça, vous allez me dire ? Je croyais que nous *discuterions.*

Le regard possessif reparut dans les yeux du cheikh.

— Pure question de sémantique, fit-il avec dédain. Le mariage aura lieu que vous le vouliez ou non, tout comme vous resterez dans cette forteresse. Le reste est ouvert à discussion.

Ivy se hérissa, et tenta d'ignorer la panique qui commençait à se faire jour en elle.

— Mais je ne peux pas rester ! Je vous ai déjà dit que j'avais un travail en Angleterre et que…

— Le foyer d'accueil que vous dirigez n'est pas laissé à l'abandon. J'ai déjà placé une personne extrêmement qualifiée pour prendre votre relève, et bien entendu les fonds nécessaires au bon fonctionnement de ce foyer seront mis à sa disposition.

Elle le regarda, et sentit la panique monter en elle.

— Non ! Vous ne pouvez pas faire ça !

Il l'embrassa du regard, un regarda possessif, semblable à celui d'un empereur sur la terre qu'il vient de conquérir.

— Mais je l'ai fait, mademoiselle Dean. Et la personne qui dirigeait le foyer à votre place a été très soulagée de l'apprendre.

Une émotion nouvelle s'emparait d'elle, une colère noire qui prit le dessus sur sa panique croissante. Ce foyer avait été toute sa vie. Elle y avait grandi, travaillé, s'y était trouvé une famille de substitution…

Et on n'a cessé de te rejeter. Pourquoi y es-tu restée ?

Elle serra les mains l'une contre l'autre, très fort, au creux de ses genoux. Elle avait envie de gifler ce cheikh arrogant, qui se mêlait de sa vie sans même la connaître. Mais cela ne la mènerait à rien. Au contraire, elle se desservirait en perdant son sang-froid.

— Ce foyer est ma vie, dit-elle d'une voix basse et furieuse. Comment osez-vous ?

Il ne détourna pas les yeux, et elle sentit toute la force de sa volonté dans ce regard brillant, inflexible.

— Alors, vous avez mené une existence très étriquée, mademoiselle Dean. Il serait peut-être temps d'en franchir les frontières.

Un élan de fureur l'emporta. Parce qu'il avait pris la direction des opérations, l'avait négligemment privée du seul foyer qu'elle eût jamais connu, lui avait déclaré qu'elle l'épouserait et pratiquement emprisonnée dans cette forteresse isolée en plein désert. Tout cela sans la consulter, comme si ses désirs et volontés ne comptaient pas. Comme si *elle* ne comptait pas.

— Je vous prie de m'excuser, parvint-elle à dire, soudain pressée de quitter ce salon et d'être loin de cet homme qu'elle avait envie de marteler de coups. Je n'ai plus d'appétit.

Puis, se levant d'un bond, elle quitta la pièce d'un pas rageur.

6.

Nazir était de retour à la forteresse après deux jours à Mahassa, où il s'était entretenu avec les commandants de haut rang d'Inaris. Le sultan n'approuvait pas du tout la puissante armée privée de Nazir, et avait formulé des menaces voilées évoquant ce qui se passerait si elle n'était pas rapidement dissoute. La situation était compliquée, car le gouvernement d'Inaris était satisfait du maintien de l'armée de Nazir, puisque celui-ci réinsufflait la plupart de ses fonds considérables dans le pays, pour le bien du peuple.

Complication supplémentaire, il avait été distrait pendant les réunions à cause d'une petite Anglaise, mécontente de son ingérence dans sa vie et qui refusait maintenant de le voir.

Nazir congédia le garde et, sachant qu'il serait incapable de se concentrer, renvoya les deux assistants avec lesquels il discutait de l'opportunité de nouveaux contrats. Puis, debout, il réfléchit.

Il avait déjà pris des arrangements pour un mariage dans environ une semaine, ce qui ne lui laissait pas beaucoup de temps pour convaincre Ivy Dean de l'accepter de plein gré.

Il savait qu'elle n'était pas l'un de ses hommes, qu'il ne pouvait donc pas lui donner des ordres ; mais il s'était attendu qu'elle se rende à la réalité des faits et agisse en conséquence. Apparemment, ce n'était pas le cas.

Il n'aurait pas dû être aussi direct lors du dîner. Mais, en bon militaire, il ne savait pas se conduire autrement. De plus, il n'avait pas envie qu'elle discute avec lui, car cela ne faisait qu'augmenter le sentiment intense, possessif, qui l'habitait. Et il n'ignorait pas ce qui se produisait lorsqu'il se laissait dominer par ses émotions les plus primitives.

C'était à cause de sa jalousie et de son impulsivité que sa mère avait été bannie d'Inaris et que la carrière de son père avait été détruite. La leçon avait été rude. Mais elle avait porté, et il ne pouvait pas s'autoriser à retomber dans ses anciens travers. Même si les joutes avec Ivy Dean excitaient le chasseur qui sommeillait en lui, il ne devait pas perdre le contrôle. Il avait déraillé une fois déjà, lorsqu'il l'avait saisie dans le salon et avait promené la main sur son ventre, où grandissait son enfant.

Il aurait dû s'en empêcher, mais avait été incapable de réprimer ce désir. Elle ne l'avait pas repoussé. Elle s'était laissé caresser, la chaleur de son corps s'était diffusée à sa paume virile. Ses yeux s'étaient dilatés ; leur couleur d'ambre clair, assombrie. Elle avait tremblé, et il avait lu de la peur dans son regard. Une peur qui avait plus à voir avec sa propre réaction à la caresse qu'avec lui, il en était sûr.

C'était une femme sans expérience, c'était clair. Pas ce qu'il préférait, bien sûr, mais on pouvait surmonter cela en procédant avec précaution. En fait, il devrait y aller en douceur s'il voulait la conduire à l'autel, d'autant qu'il lui déplairait de lui forcer la main.

Alors, tu vas devoir la séduire.

Nazir n'était pas accoutumé à séduire les femmes. Elles le désiraient ou ne le désiraient pas, et si elles ne voulaient pas de lui, il n'était pas intéressé. Au demeurant, il ne lui était jamais arrivé de vouloir une femme et de ne pouvoir l'avoir. Il avait toujours eu ce qu'il convoitait. Du moins, depuis qu'il était adulte. Dans son enfance, il y avait eu beaucoup de choses qu'il n'avait pu obtenir malgré son désir – la douceur de l'étreinte d'une mère, la chaleur de son sourire, du contact de sa main dans la sienne. Alors, désormais, il avait ce qu'il voulait, sinon ça ne lui faisait pas envie. Tout était plus simple ainsi.

Mais Ivy Dean… était différente. Il la voulait. Cependant, elle refusait de faire ce qu'il disait et, normalement, il en aurait perdu tout intérêt pour elle. Pourtant, elle portait son enfant et, loin de perdre tout intérêt, plus elle se dérobait, plus il la voulait !

Il arpenta son bureau, examinant le problème, essayant d'élaborer une stratégie. Il n'aimait décidément pas l'idée de la contraindre au mariage, pas plus que d'avoir recours à la séduction.

Eh bien, il puisqu'il aimait les défis, il relèverait celui-ci !

Une impatience jouissive, enflammée, prit naissance en lui, une excitation qu'il n'avait pas ressentie depuis longtemps. Peut-être n'était-ce pas bon signe, mais il avait toujours fait preuve d'une maîtrise exceptionnelle. Et tout de même, il pouvait s'octroyer un peu de plaisir, non ? Il en éprouvait si rarement, désormais, alors pourquoi s'en priver ?

Tout d'abord, cependant, s'il devait entamer un numéro de séduction, il devait obtenir que la demoiselle en furie accepte de le voir, et ce n'était pas gagné. Elle allait sans doute tenir bon, à en juger par l'entêtement qu'elle avait déjà manifesté, et il n'avait pas de temps à perdre. Il lui avait permis de bouder un jour ou deux, mais sa patience n'était pas sans limites. Il allait devoir insister.

Il prit encore quelques mesures, émit des ordres, puis quitta son bureau pour gagner le harem. Il avait fait poster des gardes à ses portes vingt-quatre heures sur vingt-quatre par souci de sécurité et, après s'être assuré auprès d'eux que tout était sûr, il s'engagea dans les couloirs frais et aérés.

Les lieux carrelés et le murmure des fontaines lui rappelaient toujours sa mère, même s'il n'était pas né du temps où elle venait ici, comme si d'une certaine façon sa présence s'y attardait encore…

Il n'aurait peut-être pas dû parler d'elle à Ivy Dean. Rien pourtant ne s'y opposait. Ses origines n'avaient rien de secret. Tout le monde, dans le pays, savait qui il était. Il avait cessé d'être le vilain petit canard. Et même si son père avait pu avoir honte de lui, qui était l'incarnation de sa faiblesse, Nazir, lui, refusait de se montrer vulnérable. Il avait passé son existence dans l'ombre des couloirs du palais, témoin de toutes les attentions que sa mère accordait à son demi-frère alors que lui n'avait droit à rien. Il avait été élevé par une série de nounous engagées par son père, dont les règles étaient strictes en ce qui concernait le traitement réservé à son fils. Il ne fallait pas lui faire plaisir, d'aucune façon. Les émotions étaient l'ennemi ; la maîtrise, une vertu cardinale.

Pourtant, Nazir avait toujours été consumé de l'intérieur, même dans l'enfance, par le feu de toutes les émotions qui faisaient rage en lui, tout cet excès d'amour, de haine, de jalousie et de fureur. Il avait dû apprendre à les contenir, à veiller à ce qu'elles ne soient jamais apparentes, parce qu'elles avaient le pouvoir de détruire des vies, s'il n'y prenait garde.

Il arriva dans le salon et s'assura qu'il n'y avait personne accroupi près des plinthes, mais la pièce était vide. Puis il entendit des voix filtrant par les portes-fenêtres qui menaient à la galerie – dont la voix légère d'une femme, aux accents légèrement voilés, s'exprimant en anglais.

Il sortit dans l'ombre de la galerie à colonnes qui ceignait la petite cour. Au centre de celle-ci, là où était la fontaine, Ivy Dean se tenait près d'un jardinier, et lui parlait tandis que l'homme taillait un des jacarandas qui ombrageaient la fontaine. L'homme ne parlait pas anglais, mais cela ne semblait pas le gêner, ni Ivy Dean. Ils communiquaient avec force signes de tête et gestes.

Nazir s'immobilisa à l'ombre d'une colonne, observant Ivy Dean. Elle était vêtue et coiffée comme lors de leur dîner avorté, et le soleil soulignait les reflets auburn de sa chevelure nouée sur la nuque. Son joli visage s'animait alors que le jardinier désignait la branche qu'il élaguait, tout en délivrant un long discours en arabe pour expliquer pourquoi il fallait l'ôter.

Nazir s'approcha un peu plus près, puisque Ivy Dean semblait ne pas avoir remarqué sa présence, curieux de voir comment se jouerait cette petite scène. Il n'aurait pas cru qu'elle s'intéressait au jardinage, mais pourtant elle semblait fascinée par ce que l'homme essayait de lui dire, même s'il était évident qu'elle ne comprenait pas de quoi il retournait.

La rougeur de son visage s'était dissipée, lui laissant un hâle doré qui donnait plus d'éclat encore à ses yeux d'ambre, et l'expression mesurée, sévère, qu'elle avait toujours affichée face à lui avait disparu. Elle paraissait détendue, sa jolie bouche incurvée en un sourire ouvert.

Une jolie femme, pleine de vivacité et de curiosité intense.

Elle sera peut-être comme ça au lit. Dans tes bras. Quand tu lui apprendras tout ce qu'il y a à savoir sur la passion…

La tension gagna son entrejambe, alors qu'il était de nouveau envahi par la possessivité torride qu'il avait ressentie lorsqu'il l'avait rencontrée. Il avait envie d'emmener cette femme dans un lieu privé, où il ne serait pas dérangé, et où il pourrait se repaître d'elle tout à loisir, tel un lion avec sa proie.

À cet instant, le jardinier l'aperçut. Nazir pâlit légèrement, inclina la tête et, sans quitter Ivy Dean du regard, ordonna :

— Laissez-nous !

L'homme s'éclipsa, laissant Nazir et Ivy Dean dans la cour où seul le bruit de la fontaine venait troubler l'atmosphère soudain électrique et tendue.

Ivy Dean se raidit, les traits délicats de son visage se figeant de nouveau en une expression sévère.

— Je croyais avoir dit à votre garde, il y a à peine un quart d'heure, que je ne voulais pas vous voir.

— Vous le lui avez dit, répondit Nazir en venant vers elle et en notant qu'elle réagissait à son approche. Et il m'en a fait part. Mais j'ai décidé qu'il était temps que vous cessiez de bouder.

— Je ne boude pas ! fit-elle avec indignation.

— Vraiment ?

Il s'arrêta à un pas où deux d'elle, lui accordant quelque distance tout en étant tenté de la franchir.

— Vous êtes partie en trombe pendant notre entretien et, depuis, vous n'avez fait aucun effort pour me dire ce qui vous a tant offensée ou mise en colère. Vous n'avez même pas voulu discuter de votre situation présente. C'est de l'entêtement, mademoiselle Dean. Et cela vous dessert.

Elle s'était empourprée, sa bouche sensuelle avait pris un pli dur, et toute la curiosité ainsi que l'intérêt qu'elle avait manifestés au jardinier avaient disparu. Il regretta d'avoir interrompu cette scène.

Elle détourna les yeux, visiblement furieuse.

— Je ne veux pas parler avec vous !

— J'en suis conscient. Cependant, vos choix deviennent de plus en plus limités à chaque seconde qui passe, et vous n'avez à vous en prendre qu'à vous.

Elle posa sur lui un regard étincelant.

— Mes choix ? Quels choix ? Vous m'avez affirmé que je devais vous épouser. Ensuite, vous m'avez enfermée dans cette fichue forteresse, m'avez privée de mon job, m'avez rendu impossible tout retour chez moi, et puis vous avez eu le culot non seulement d'insulter la vie que je m'étais péniblement bâtie, mais aussi de la détruire, dit-elle en plantant les yeux dans les siens. Dites-moi un peu, monsieur Al-Rasul, où est mon choix là-dedans ?

Elle était toute proche. Elle avait dû se servir des huiles de bain qu'il avait fait mettre dans la salle de bains, car l'une d'elles était parfumée au jasmin, et il en percevait maintenant l'odeur grisante, qu'exacerbait la tiédeur de sa peau. Elle avait le regard plus vif, animé cette fois par le défi et non la curiosité, et aussi une bonne dose de colère.

Oh ! elle était têtue, certes, mais aussi passionnée. Près de s'enflammer comme de l'amadou à la moindre étincelle. Il aimerait déclencher l'incendie. La regarder prendre feu, puis tendre la main vers les flammes et s'embraser lui aussi.

Attention, danger ! Tu devrais garder tes distances.

Il l'aurait dû, oui, mais ne pouvait se résoudre à bouger. Le T-shirt qu'elle portait moulait ses seins ronds et son petit ventre arrondi, lui donnant une vision parfaite de sa silhouette voluptueuse et sensuelle. Une mèche de cheveux châtains, échappée de sa queue-de-cheval, avait glissé sur son épaule, semblable à un écheveau de soie. Elle s'enroulait à la rondeur d'un de ses seins, et l'envie le démangeait de poser la main sur cette rondeur, de décrire des cercles sur la pointe à peine esquissée par le tissu et la faire durcir sous ses doigts. De voir flamber son regard d'ambre, non sous l'effet de la colère mais sous celui du désir.

Elle était si têtue, contrariante et irritable qu'il était tenté de la pousser dans ses retranchements pour voir jusqu'où il pourrait aller avec elle. Il y avait longtemps qu'on ne l'avait mis au défi avec autant de résolution qu'en manifestait cette femme.

— On peut toujours choisir, dit-il d'une voix plus grave et dure qu'il ne l'aurait fallu. Même si on n'aime pas les options dont on dispose.

— Je vous le répète : quels est mon choix ? Dites-le, car je ne le vois pas.

Oh ! elle avait tort de le défier ainsi, grand tort ! D'autant qu'il adorait ça. En guerrier, il aimait le combat. Il était aussi d'un caractère possessif, jaloux, aux passions fortement enracinées. C'était pour cela qu'il devait se montrer très prudent. Mais pourquoi devait-il l'être maintenant, avec elle, puisqu'elle était déjà sienne ?

Il fit un pas vers elle.

— Vous auriez pu, par exemple, choisir de ne pas venir aussi près de moi.

Elle le considéra sans s'alarmer – pas encore. Mais elle aurait dû avoir peur. Oh oui !

— Vraiment ? siffla-t-elle.

— Et vous auriez pu choisir de ne pas vous opposer à moi, continua-t-il, faisant encore un pas. Et vous auriez assurément pu choisir de ne pas me laisser vous toucher.

Il tendit les bras, posant d'un geste négligent les mains sur ses hanches pour l'attirer à lui, regardant ses yeux s'écarquiller, et sa bouche s'arrondir de surprise.

— Et vous auriez probablement pu choisir de ne pas me laisser vous embrasser, mais comme vous ne bougez pas, je vais en déduire que vous avez fait votre choix, Ivy Dean.

— Oh ! mais je…

Il ne la laissa pas terminer. Il inclina la tête et s'empara de sa bouche.

Ivy ne savait pas très bien ce qui était en train de se passer. Ses pieds auraient dû se mettre en mouvement, et ses mains se poser sur ce torse viril pour le repousser avec force. Pourtant, elle restait rivée sur place, et si ses mains étaient sur son torse, elles ne bougeaient pas.

Elle n'essayait pas du tout d'écarter Nazir. Elle restait là, figée, tandis qu'il explorait sa bouche avec la sienne d'une façon à la fois ferme, possessive et délicate qui la faisait frémir.

Jamais on ne l'avait embrassée, pas une fois. Aucun homme, jamais, n'avait posé les mains sur ses hanches pour l'immobiliser ainsi. N'avait été si près d'elle qu'elle était enveloppée de sa chaleur, de sa senteur, et en avait les sens étourdis. Mais cela avait lieu maintenant, et c'était… surprenant.

Il avait des lèvres brûlantes et pourtant plus douces qu'elle ne l'aurait cru, et il les promenait sur les siennes paresseusement, comme s'il avait tout son temps, redessinant le contour de sa lèvre inférieure de la pointe de la langue, puis mordillant sa lèvre supérieure.

Elle ne comprenait pas vraiment toutes les sensations qui la traversaient. L'odeur du désert l'enveloppait, et son intense chaleur, puis il y avait aussi cette senteur plus épicée, plus musquée, qu'elle trouvait délicieuse.

Il avait un corps si imposant et si puissant, et les muscles qu'elle sentait sous ses mains étaient si durs.

Il était en train de l'embrasser. Le cheikh, le commandant en chef, l'embrassait !

Elle avait le cœur qui battait la chamade, le souffle court. Les mains qu'il avait posées sur ses hanches vinrent lui envelopper les joues, lui renversèrent la tête, puis il glissa la langue dans sa bouche.

Il lui sembla que son corps tout entier s'embrasait. Nazir avait le goût de… du chocolat chaud et du cognac, deux choses qu'elle aimait en secret, et elle était ébranlée de découvrir qu'un baiser pouvait avoir ce goût-là.

Mais qu'est-ce que tu fais ? Pourquoi lui permets-tu de t'embrasser ?

Hélas ! son esprit semblait incapable de répondre à cette question, car il ne fonctionnait plus. Il était tout entier concentré sur le contact de cette bouche sur la sienne, la pression qu'elle exerçait, les mouvements de cette langue exploratrice, la chaleur de ces paumes sur ses joues.

Que s'était-il passé, juste avant ? Elle ne le savait plus. Elle avait été en colère, mais ses raisons étaient devenues vagues. Tout était vague, sauf les mains de Nazir sur elle, sa bouche, et les sensations qui semblaient plus réelles que tout ce qu'elle avait jamais connu.

Un petit soupir lui échappa et, avant même d'avoir conscience de ce qu'elle faisait, elle avait agrippé le tissu noir de son T-shirt et, dressée sur la pointe des pieds, se plaquait contre lui, désireuse de goûter encore plus à lui, à sa chaleur, à ses caresses, parce qu'elle était avide, comme si elle avait été affamée pendant des jours, des semaines, des années. Oui, des années, sans même savoir de quoi elle avait faim. Et maintenant, cet homme, ce cheikh contrariant et arrogant, lui révélait l'objet de sa gourmandise.

Lui. Elle avait eu faim de lui.

Elle lui effleura la langue avec la sienne, de façon hésitante, et en fut récompensée par un gémissement sourd. Il accentua son baiser, qui devint plus exigeant, plus torride, et prit une tournure possessive qui la ravit profondément.

Il la désirait ? Ce puissant cheikh, maître de toute une armée, la désirait, elle !

Son excitation s'intensifia, se déploya. Elle voulait goûter encore plus à lui, à ses caresses, et elle avait l'impression que si elle n'y avait pas droit, elle en mourrait. Elle se lova contre lui, avide de sensations fortes, grisée par le contact de son corps viril et ferme, là où l'intensité de son désir en devenait douloureuse.

Oui, il la voulait, et elle adorait ça ! Cela lui conférait un pouvoir que jamais elle n'avait eu dans sa vie.

Une fois encore, il ramena les mains sur ses hanches, puis lui en enveloppa les fesses, les caressa en douceur, éveillant en elle une cascade de sensations incandescentes. Elle frémit, l'agrippant par son T-shirt. Jamais elle n'avait connu un tel plaisir.

Tu perds la tête, ma parole ! Tu le connais à peine et tu lui permets de t'embrasser à la folie !

Son bon sens se réveilla, mais elle l'ignora. Elle avait froid, comme si elle trouvait porte close sous la pluie et pouvait entrevoir, à travers les fenêtres d'une maison, les lueurs d'un bon feu dans une pièce agréable. Nazir était ce feu. Et elle en avait été tenue à l'écart toute sa vie. Rien qu'une fois, elle voulait s'y réchauffer, s'y brûler même…

Mais à cet instant, Nazir s'écarta d'elle, ne lui laissant que du vide, et elle resta là, les lèvres gonflées, le cœur battant, le corps douloureux et ardent. Et elle avait froid. De nouveau.

— Non, murmura-t-elle, tendant les bras vers lui.

Il recula hors de portée. Il avait un regard avide, farouche, et ses yeux turquoise flamboyaient, à présent.

— Restez où vous êtes, lui ordonna-t-il. À moins, bien sûr, que vous n'ayez envie d'être culbutée sur le divan du salon.

Tu en as envie. Avoue…

Elle prit une grande inspiration, alors que cette pensée s'emparait d'elle avec force. Non, Seigneur, non ! Elle ne voulait pas cela. Non seulement cet homme la gardait prisonnière, mais en plus il allait la contraindre à devenir sa femme. Il avait veillé à ce qu'elle n'ait plus de travail et, cerise sur le gâteau, l'avait insultée. Il lui avait dit que la vie qu'elle s'était bâtie avec tant de soin et de peine, et dont elle était très fière, était étriquée. Comment aurait-elle pu avoir envie de lui ?

Elle ne comprenait pas ce qui lui arrivait. Elle n'avait aucune expérience de la sexualité, aucune expérience des hommes. Pendant des années, elle s'était dit qu'elle n'en voulait pas, parce que ce n'était pas pour elle. Elle était trop occupée par le foyer, par sa vie. Et, surtout, elle n'avait rencontré aucun homme qui l'eût attirée.

Pourtant, l'élan irrésistible qui la poussait vers cet homme démentait tous ces prétextes. Car ce n'étaient que des prétextes. Des mensonges pour mieux accepter le vide de sa vie. Un vide qu'avait rempli son amitié avec Connie, mais maintenant, Connie n'était plus là…

Il a raison. Tu as mené une existence étriquée.

Ivy évita abruptement le regard brûlant de Nazir. Il y

avait des larmes dans ses yeux, et elle ne savait pas très bien pourquoi. En revanche, elle ne voulait surtout pas pleurer devant lui. Ce baiser l'avait mise à nu, et elle ne supportait pas l'idée qu'il voie ce qu'il y avait en elle : la désespérante solitude et le manque affectif qu'elle s'efforçait de cacher.

Elle le dépassa, s'éloignant à l'aveuglette, pour se retrouver presque aussitôt saisie par le bras et ramenée contre son grand corps ferme.

— Je vous interdis de me planter-là, gronda-t-il. Je n'ai pas terminé, et vous non plus.

Elle trembla, horrifiée de se sentir proche de l'effondrement.

— Je vous en prie, parvint-elle à dire, laissez-moi !

— Non.

Et il l'enveloppa de ses bras, la retenant contre son corps. Elle frémit, baignée dans sa chaleur, qui chassait le froid qui était en elle et la rendait avide d'avoir tout ce qu'il avait à donner. Elle ne voulait pas pleurer, mais ses yeux, malgré elle, se remplissaient de larmes. Il ne lui restait donc qu'une échappatoire pour le distraire.

Pivotant dans le cercle de ses bras, elle renversa la tête et plongea le regard dans ses yeux turquoise. Puis, posant les mains sur son torse, elle se dressa sur la pointe des pieds et écrasa la bouche contre la sienne.

Il se figea, les muscles raidis, et elle s'attendit qu'il la repousse, car elle venait de toute évidence de commettre une transgression. Et, tout en désirant éperdument être libérée, elle se sentait blessée par avance d'avoir à subir son rejet. Elle ne voulait pas qu'il la repousse.

Soudain, avec un bruit de gorge sourd, il l'embrassa encore, avec plus d'ardeur et d'exigence, glissant la langue au cœur de sa bouche, l'explorant et la savourant. Oh oui ! c'était ce qu'elle voulait ! C'était ce qui lui avait tant manqué pendant si longtemps, cette aspiration secrète qu'elle n'avait pas su nommer. Mais elle savait, maintenant.

C'était *lui* qu'elle avait attendu.

Elle ne pouvait pas s'empêcher de se plaquer contre lui, contre sa chaleur, en acceptant son baiser et en tentant de le lui rendre. Si elle ne savait pas comment s'y prendre, elle ne cessait pourtant pas de le goûter comme il la goûtait, toute timidité oubliée.

Il murmura en arabe quelque chose qu'elle ne comprit pas, et pendant un instant affreux elle crut qu'il allait s'écarter d'elle à nouveau, car il détacha la bouche de la sienne. Mais elle se retrouva alors soulevée dans ses bras, étroitement serrée contre son torse, alors qu'il traversait la cour pour pénétrer dans la fraîcheur du salon.

Il la porta jusqu'à un des divans bas, l'y allongea et l'y rejoignit sans un mot, la clouant sous son corps puissant et chaud, musclé. Il avait posé les mains de chaque côté de sa tête, son regard intense plongeait dans le sien, et elle était excitée au-delà de toute raison par le contact de son corps viril sur le sien.

— Eh bien ? fit-il de sa voix profonde, si masculine. Est-ce que tu me veux, petite sorcière ?

7.

Les yeux d'ambre d'Ivy avaient pris une magnifique teinte d'or cuivré, et sous lui son corps était si doux et si chaud ! Il devait se montrer prévenant avec elle, ne pas oublier la rondeur de son ventre où grandissait son enfant. Mais il était si difficile de penser à faire attention alors qu'elle était là, dans ses bras, tentant de dissimuler son émotion sous une apparence ombrageuse.

Il n'aurait pas dû l'embrasser. Il avait commis une erreur, mais il n'avait pas pu s'en empêcher, et comme elle n'avait pas résisté, il avait pris ce qui venait. Il lui avait trouvé le goût divin, chaud et suave de tout ce qu'on lui avait interdit dans sa jeunesse. Tout ce qu'il s'était interdit dans sa vie d'adulte.

Alors, pourquoi n'aurait-il pas pu l'avoir maintenant ? La chaleur, la douceur, la suavité, il n'en avait jamais eu son compte. Il se les était interdites, peu désireux de réveiller les passions enfouies en lui. Des passions dangereuses. Cependant, il savait les contrôler maintenant, après des années d'expérience, alors pourquoi ne leur aurait-il pas laissé libre cours ? D'autant que cette femme n'était pas celle d'un autre, comme sa mère l'avait été. Cette femme était à lui, et à lui seul.

Elle était excitante, elle était un défi à relever. Il l'avait jugée fragile, inapte à la vie du désert, mais il s'était peut-être trompé. Elle avait un caractère bien trempé, en tout cas, peut-être même assez fort pour égaler le sien, et en cet instant il ne voyait aucune raison de ne pas la prendre, puisqu'elle était visiblement aussi avide que lui.

Elle tremblait, sa respiration était hachée et, les mains contre son torse, elle le regardait avec des yeux écarquillés, brillants de désir et d'un désespoir évident qui, d'une certaine façon, lui serrait le cœur. Il se demandait d'où venait ce désespoir, quelle en était la cause, qui l'avait laissée si affamée.

— Oui, dit-elle d'une voix embrumée. Je te veux …

Savait-elle ce qu'elle demandait ? Peut-être pas. Ses baisers avaient été inexpérimentés, après tout. Ce qui était sans importance, puisqu'il avait déjà résolu de la prendre ; et si ce n'était pas le baiser qui l'avait convaincu, il l'avait été totalement par la façon dont elle se cramponnait à lui, l'implorait, posait sur lui ce regard avide.

Quelqu'un l'avait négligée, privée de ce dont elle avait besoin. Alors, il le lui donnerait, puisqu'il la proclamait sienne.

Ce n'est pas seulement une histoire de sexe, et tu le sais.

Oh ! il en était tout à fait conscient. Il y avait, dans la faim d'Ivy, quelque chose de familier qui trouvait un écho dans son âme, qui lui rappelait le temps où il n'était encore qu'un petit garçon et regardait sa mère étreindre son demi-frère. Ce demi-frère qui avait droit à tout l'amour, la chaleur, la douceur, alors que Nazir n'avait que la terre nue, les longues et difficiles marches dans la nuit, et l'attention froide et rude de son père.

Il savait ce que c'était d'avoir besoin de plus que ça. D'en vouloir plus et de ne jamais l'avoir. Eh bien, il l'aurait, à présent !

— Veux-tu que je te prenne ? demanda-t-il de nouveau avec rudesse, regardant se colorer de rose ses traits délicats. Ici ? Tout de suite ?

— Oui… non…

Elle respirait de manière saccadée, ondulant sous lui

comme pour renforcer leur contact, et il eut un juron étouffé alors que sa part la plus féminine se pressait, chaude, contre son sexe en érection.

— Je ne sais pas… oh ! tu es si chaud, et moi… j'ai si froid !

Ces mots doux lui serrèrent encore un peu plus le cœur. Pourquoi avait-elle froid ? Cela n'avait pas de sens, car elle était aussi brûlante que le soleil du désert, vif et ardent. Près de s'embraser.

— Je m'appelle Nazir. Dis-le.

— Nazir…

Elle avait parlé d'une voix rauque et douce qui fit redoubler le désir qui le dévorait. Il inclina la tête et prit sa bouche, se glissant plus avant entre ses jambes, pressant son sexe durci contre le cœur de sa féminité. Elle hoqueta et se cambra, portant les hanches vers lui, et il déposa une série de baisers le long de son cou, s'attardant sur le creux où une veine battait follement, sous sa peau soyeuse.

Elle était si réactive, renversant la tête pour mieux se donner, laissant échapper un gémissement doux alors qu'il la goûtait avec les lèvres, puis la langue. Il n'avait jamais été enclin à se délecter de la peau d'une femme, mais il en voyait soudain l'attrait. Il pourrait la dénuder, l'allonger, toucher tout son corps… Mais pas encore. Elle devenait plus avide, et il était gagné par sa fièvre désespérée. Or, il devait faire attention. La délicatesse n'était pas son fort, mais pour elle il fallait qu'il soit doux, parce qu'elle était enceinte, et si fragile !

Il lui mordilla délicatement l'oreille, et elle répondit par un frisson, puis il glissa vers la rondeur de ses seins. Le coton fin de son T-shirt révélait leurs pointes durcies, et il en prit une entre ses lèvres, le suça à travers le tissu. Elle lâcha un léger cri et se tordit, les mouvements de ses hanches contre son sexe tendu à en avoir mal déclenchant en lui des éclairs de plaisir aigu, lui donnant envie de la clouer sous lui, de la prendre avec fougue.

Il ignora ses élans. Comme avec une mine prête à exploser, il fallait avec elle du doigté, pas de la brutalité et de la rudesse.

Il l'embrassa plus avidement tout en glissant une main entre ses cuisses pour l'envelopper de ses doigts, par-dessus le tissu. Elle trembla, et lorsqu'il passa le pouce sur son clitoris, elle frémit. Délaissant la pointe de son sein pour relever la tête, il contempla son visage rosi, la regardant réagir alors qu'il la caressait lentement, sentant croître son excitation.

Elle battit des cils, murmura dans un soupir :

— Oh oui ! Oh ! Nazir…

Elle était si réactive, si gourmande ! Il voulait lui donner ce qu'elle attendait. Il voulait être *le seul* capable de le lui procurer. Pris d'un nouvel élan possessif, il changea de position et lui ôta vivement son pantalon de yoga et sa culotte. Puis, de nouveau, il glissa une main entre ses cuisses, caressant sa chair soyeuse. Quand elle lâcha un cri et l'agrippa par les épaules, il eut envie de l'embrasser, de goûter à ses cris de plaisir, sans pour autant cesser de la regarder. Il voulait voir l'étendue de la passion déjà à l'œuvre qu'il déchaînait chez elle.

Alors, il continua à la regarder, sa main poursuivant avec lenteur l'exploration de ses replis intimes tandis qu'elle gémissait et se tordait sous ses caresses. Il n'y avait pas de honte chez elle, elle ne se cachait pas, ne se retenait pas. Elle s'abandonnait à son plaisir, et il n'avait jamais rien vu d'aussi fascinant.

Il brûlait d'envie de sentir sur lui ses doigts fuselés, sa bouche, mais son empire sur lui-même était en train de lui échapper. Il évita d'y penser. Rien n'était plus important, en cet instant, que le plaisir de cette femme, sa gourmandise avide qu'il voulait alimenter, démultiplier, puis satisfaire comme aucun autre homme n'en avait le pouvoir.

Il glissa un doigt en elle, puis un autre, et la sentit se contracter autour de lui. Adoptant un doux mouvement de va-et-vient, il souleva son T-shirt de son autre main, révélant un soutien-gorge de coton blanc. Il remonta le tissu, libéra ses seins à la chair laiteuse, aux pointes d'un joli rose cendré, puis inclina la tête, en lécha un, décrivit de petits cercles et enfin, l'aspira dans sa bouche.

Il œuvra alors avec les doigts et la langue, se laissant guider par les réactions de son corps frémissant et les légers cris qu'elle laissait échapper, pour lui procurer un plaisir de plus en plus intense.

Il avait envie de lui arracher son T-shirt, de lui écarter les cuisses et de la prendre. Et il le ferait. Mais pour le moment, il prenait son temps, faisait attention, attisait paresseusement son plaisir parce que c'était bon de l'entendre le supplier. Bon d'entendre son prénom dans sa bouche alors qu'elle se cramponnait à lui et réclamait plus encore. C'était bon de la voir folle de lui, et il voulait jouir de ça le plus longtemps possible.

Elle était très passionnée, et elle tint moins longtemps qu'il ne l'aurait voulu. Alors qu'il lui excitait le clitoris avec le pouce, elle se raidit, le corps cambré, poussa un cri et se mit à trembler, emportée par un violent orgasme.

Il ne retira pas tout de suite ses doigts. Il continua à la caresser jusqu'à ce que ses tremblements commencent à se dissiper puis, les mains sur les coussins de chaque côté de sa tête, il considéra son visage empourpré.

Les yeux cuivrés d'Ivy étaient pleins d'émerveillement.

— Je ne savais pas. Je ne savais pas que ce serait aussi bon…

De nouveau, il eut un pincement au cœur et ne parvint pas à identifier ce qu'il ressentait. Cela ressemblait presque à de la compassion, ou à du regret, il ne savait pas très bien. Cela avait un rapport avec l'air émerveillé d'Ivy et sa réponse passionnée, et avec le fait que, de toute évidence, quelqu'un l'avait négligée. Terriblement.

Mais, comme son enquête le lui avait appris, elle avait grandi en foyer d'accueil et n'avait pas de famille. Elle n'avait eu qu'une amie, à laquelle elle avait proposé d'être mère porteuse, et maintenant cette amie était morte.

Elle est seule, comme toi.

Son cœur se serra davantage encore. Oh ! mais il n'était pas seul. Plus maintenant. Il dirigeait des hommes. Son demi-frère était dépendant de l'argent qu'il lui apportait. Il avait du pouvoir. Il avait cessé d'être le bâtard délaissé de la sultane.

— Tu es vierge, n'est-ce pas ?

Il continua à la regarder, savourant sa spontanéité en cet instant. Comme lorsqu'elle avait parlé avec le jardiner, elle avait les traits animés par l'intérêt et la curiosité. Il avait eu envie qu'elle soit ainsi avec lui, et il en tirait une délicieuse satisfaction.

— Tu as deviné, fit-elle. Je suppose que c'est évident. Mais… qu'est-ce qui t'a amené à cette conclusion ?

De nouveau, il éprouva un amusement inattendu.

— Une chose ou deux.

— Par exemple ?

— Je ne suis pas d'humeur à parler de ça, dit-il, changeant de position pour presser le sexe entre ses cuisses. Nous n'avons pas terminé.

— Oh !

Elle était si ravissante, et sa senteur, où une légère odeur de musc se mêlait à celle du jasmin, exacerbait son désir, qui en devenait presque incoercible.

Il s'inclina pour lui donner un autre baiser.

— Je vais te prendre, petite sorcière, murmura-t-il. Et alors, tu seras mienne. Pour toujours. Parce que ce qui est à moi reste à moi. Comprends-tu ?

Elle frémit, et ses traits exprimèrent quelque chose de douloureusement vulnérable.

— Pourquoi ? Pourquoi veux-tu que je sois à toi ? Tu ne me connais même pas ! Si je n'attendais pas ton enfant, tu ne m'aurais même pas regardée.

Pour une fois, il n'y avait aucune colère dans sa voix, mais une note de chagrin qui, curieusement, le transperça. Elle était sincère, il le lisait dans ses yeux. Elle ne savait réellement pas pourquoi il la désirait.

Elle avait raison, il la connaissait à peine.

Oh ! mais il la connaîtrait. Et ce qu'il savait déjà d'elle, ce qu'il avait appris de leurs échanges était qu'elle avait un tempérament et une volonté qui l'attiraient, comme aucune autre femme ne l'avait fait. Il ne niait pas que le bébé avait déclenché quelque chose en lui, mais c'était elle qui avait renforcé ce lien entre eux. Elle et son entêtement qui avaient stimulé son désir.

— Si tu n'attendais pas mon enfant, tu ne serais pas là, dit-il, se pressant contre elle, lui prenant le visage à deux mains. Et si tu n'étais pas la plus têtue, la plus contrariante, la plus passionnée des femmes, tu ne serais pas ce sur divan, avec moi.

Elle rougit.

— Ne mens pas. Ne dis pas des choses que tu ne penses pas.

— Je dis toujours ce que je pense et je ne mens jamais, dit-il, en faisant glisser sa chevelure soyeuse entre ses doigts, et en plongeant le regard dans le sien pour lui laisser voir qu'il disait vrai. Pourquoi crois-tu le contraire ?

Il avait un regard si franc et direct ! Ivy se sentit mise à nu. Pas seulement au sens concret. D'une certaine façon, les caresses de Nazir et le plaisir qu'il lui avait donné l'avaient dépouillée de son armure, et elle ne savait plus comment se protéger. Elle n'aurait jamais dû s'exposer de cette manière, lui demander pourquoi il pouvait la vouloir comme si elle se souciait de ce qu'il pensait d'elle.

Comme si tu désirais qu'il te veuille.

Elle ne pouvait pas se mentir. Elle avait envie qu'il la désire, et de toute évidence il la désirait. Elle le sentait entre ses jambes, là où il l'avait touchée, caressée, pour la conduire à la plus incroyable volupté. Il lui semblait sentir encore l'écho des secousses de son corps emporté par les plaisirs aigus de l'orgasme. Seigneur, elle n'avait jamais rien éprouvé de tel ! Elle n'avait eu qu'une envie : être aussi proche que possible de Nazir, être soulagée de son désir douloureux, intense et affolant.

« Je vais te prendre… Et alors, tu seras mienne. Pour toujours. »

Ces mots lui avaient fait peur, elle ne le niait pas. Car elle avait le sentiment effrayant de vouloir être à lui, elle qui avait toujours désiré appartenir à quelqu'un, elle que personne n'avait jamais choisie.

Sauf Nazir. Une part d'elle-même désirait capituler, être à lui. Cependant, ce n'était pas vraiment elle qu'il voulait, mais le bébé qu'elle portait. Il voulait la protéger parce qu'elle était enceinte, se montrait possessif parce que c'était dans son caractère et la désirait parce qu'il était un homme. Mais elle, dans tout cela ? Elle ne comptait pas.

Elle refusait de penser à ça, et d'aggraver son erreur en répondant à Nazir. Elle ne voulait pas discuter.

— Non, je ne crois pas le contraire, dit-elle.

Elle se souleva, se pressant contre le membre dur niché entre ses cuisses. Nazir lâcha un soupir étranglé, son regard s'embrasa.

— Mais qu'est-ce que tu fais ?

Si elle était à demi nue, il était toujours habillé, et elle avait envie de le toucher comme il l'avait touchée, d'explorer les contours de ce torse puissant.

— Tu voulais me prendre, alors prends-moi, murmura-t-elle, les yeux mi-clos.

Le regard embrasé de Nazir se fit plus brûlant encore, et elle en éprouva un délicieux frisson. Elle n'avait jamais pensé que le désir pouvait être puissant, qu'elle pourrait en user comme d'un pouvoir. Or, il était visible qu'elle l'avait sur Nazir, ce pouvoir. Le feu de son regard et la tension de son corps viril le révélaient, et elle eut soudain l'étrange envie de le titiller pour voir jusqu'où irait sa résistance.

— Petite sorcière, dit-il, les dents serrées. Si tu n'arrêtes pas, je ne réponds pas de ce qui pourrait arriver.

— Arrêter quoi ?

Elle tira sur son T-shirt, effleurant des doigts sa chair virile si ferme. Il avait une peau lisse et veloutée.

— D'ailleurs, ajouta-t-elle, tu m'as déjà dit ce qui se passerait, et ça me convient très bien.

Il lâcha un juron étouffé et lui saisit les poignets, les rabattant de chaque côté de son joli visage. Elle trouva cette contrainte étrangement excitante, eut envie de résister et de se libérer, mais il pesait sur son corps, et elle était sans force pour le soulever. Et ça aussi, c'était excitant.

— Non, fit-il d'une voix grave et rocailleuse. Ne bouge pas.

— Pourquoi ?

Elle souleva les hanches, le cœur de sa féminité tout contre son sexe durci, et des sensations intenses envahirent tout son corps. Elle n'en revenait pas d'être aussi affamée de plaisir après l'orgasme qu'elle venait d'avoir. Là où elle était douce, Nazir était dur, un contraste qui l'intriguait et la ravissait. Elle désirait être de nouveau submergée par ses sensations, se perdre dans le feu de l'échange, dans la senteur chaude et épicée de Nazir. Se perdre en lui…

— Parce que tu es vierge, grommela-t-il. Je ne veux pas te faire mal.

— Tu ne me feras pas mal, dit-elle. De toute façon, je m'en moque, ça ne dure qu'un instant.

— Comme si tu savais de quoi tu parles. Arrête de bouger ainsi, Ivy, tu me rends fou !

Mais cet ordre sec ne fit que l'exciter davantage, car elle le voyait près de basculer, et cela la grisait. Elle, Ivy Dean, dont nul n'avait voulu, chamboulait cet homme. Et elle adorait ça.

— Prends-moi, répéta-t-elle.

Il lui ramena les bras au-dessus de la tête, lui tenant d'une main les poignets tandis que, de l'autre, il ouvrait sa braguette. Puis elle le sentit entrer en elle. Elle lâcha un soupir étranglé comme pour l'inviter à aller plus loin et, sans plus hésiter, il s'enfonça en elle tout en la tenant captive de l'intensité de son regard. Si elle ressentit une douleur, et gémit doucement, il ne s'arrêta pas, et elle ne chercha pas à le retenir. La douleur s'effaça, ne lui laissant qu'une sensation de plénitude, d'envie intense, à en trembler.

Il avait les traits tendus ; il se contenait, de toute évidence. Ce n'était pas ce qu'elle voulait, et elle eut envie de l'inciter à une poussée plus rude, plus profonde, pour ne pas se laisser submerger par sa propre vulnérabilité tandis qu'elle était clouée sous lui, impuissante, offerte… Car elle aimait cette proximité des corps, elle aimait être enveloppée par sa chaleur et sa force, se sentir à l'abri et protégée de tout mal. Elle n'aimait, ne désirait, que trop cela. Et elle n'ignorait pas ce qui arrivait lorsqu'elle désirait trop fort quelque chose…

Il se souleva lentement, se retirant tout entier avant de plonger de nouveau en elle, profondément, en une danse sensuelle. Submergée par le plaisir, elle ne put retenir un gémissement éperdu. Elle tenta de bouger, car elle désirait plus de vigueur, mais demeura immobilisée par le poids de son corps et ses lents et profonds assauts.

Elle lutta un instant contre le plaisir qui se déployait

en elle et ne lui laissait pas d'autre choix que de s'y abandonner. Puis elle céda à Nazir, le laissant aller et venir en elle, combler le manque qu'elle avait toujours ressenti au fond d'elle. Et son plaisir effaça la solitude qui hantait son âme, dont elle avait cru qu'elle ne disparaîtrait jamais.

Nazir accéléra le rythme, sans pour autant perdre le contrôle. Elle aurait aimé rester ainsi indéfiniment, reliée à lui, enveloppée par lui, oublieuse de la solitude de sa vie.

Mais cette pensée aussi se dissipa alors qu'il accélérait encore le rythme, que tout s'embrasait et qu'elle tremblait et criait dans l'intensité de son orgasme, si éperdue qu'elle n'avait même pas conscience qu'il s'abandonnait lui aussi, à la poursuite de son propre plaisir, jusqu'à être emporté dans une tempête sensuelle.

8.

Alors que l'hélicoptère survolait l'ultime étendue rocailleuse du désert, en direction des montagnes du nord d'Inaris, Nazir jeta un coup d'œil à Ivy. Elle n'avait pas parlé depuis qu'ils avaient quitté la forteresse, pas même lorsqu'il lui avait annoncé qu'ils se rendaient dans l'une de ses résidences privées située près d'une source chaude renommée, en montagne.

Il fallait qu'ils s'éloignent un temps de la forteresse pour apprendre à mieux se connaître, et il avait pris ses dispositions. Il ne s'était pas attendu à faire l'amour avec elle dans le salon, quelques heures plus tôt, mais cela n'avait rien changé à ses plans. Ils n'en étaient que plus nécessaires.

Ivy n'avait pas protesté ensuite, même quand il avait dit qu'ils partaient quelques jours. Il s'était attendu qu'elle s'insurge, mais elle s'était laissé entraîner sans un mot.

Cela le préoccupait. Leurs ébats l'auraient soucié davantage s'il ne s'était pas attendu qu'ils aient lieu, vu leur alchimie sensuelle. D'ailleurs, elle avait été consentante. Plus que consentante, même. Avide.

« Si je n'attendais pas ton enfant, tu ne m'aurais même pas regardée. »

Il eut un pincement au cœur.

Elle regardait le paysage autour d'eux, la lumière de fin d'après-midi effleurant la courbe de sa joue. Il ne savait pas ce qu'elle pensait.

Elle s'était montrée si fougueuse, si gourmande entre ses bras ! Une femme passionnée et sevrée d'affection. De bonheur aussi, sans doute. C'était peut-être compréhensible, étant donné son milieu. Il n'était pas facile de grandir dans un foyer d'accueil, même bien géré.

Elle avait désiré être désirée, c'était évident. Même si elle combattait ses propres désirs.

Ça, tu peux le lui donner.

Il était chef militaire, et un chef dont la règle était : « Pas de quartier. » Son père s'était donné pour but d'annihiler toute douceur en lui, et il y était parvenu.

Nazir n'avait plus les aspirations intenses de sa jeunesse, le besoin désespéré du sourire de sa mère, du toucher doux de sa main sur ses cheveux, de son expression d'amour – seul signe d'affection qu'elle s'autorisait à lui donner – dans les brefs moments où il lui était permis de passer du temps avec elle.

Ils n'avaient été que trop rares, ces instants radieux de bonheur et de joie. Mais le problème, avec le bonheur, c'était que lorsqu'on y avait goûté, on en voulait encore plus. Toujours plus, comme un drogué avec sa drogue.

Il valait mieux ne jamais avoir connu le bonheur, lui avait amèrement dit son père.

Mais Nazir l'avait connu, ainsi que la douceur, et même s'il ne s'octroyait plus rien de tout cela, il pouvait consentir à ce qu'Ivy y ait un peu droit. Ce n'était pas sa faute si elle avait grandi en foyer. Si son amie était morte. Si son voyage dans le désert pour honorer la promesse faite à cette amie sur son lit de mort l'avait conduite à se retrouver dans une forteresse, prisonnière du père de l'enfant qu'elle portait !

Oui, il ferait de son mieux pour lui donner l'affection et la passion qui lui manquaient tant. Il n'avait plus aucune douceur en lui, mais n'avait pas oublié ce que c'était et pouvait faire semblant. Si cela échouait, il leur resterait au moins la passion brûlante qui avait éclos dans le salon.

Il n'eut garde de se demander pourquoi le bonheur d'Ivy lui importait. De toute façon c'était une question superflue. Cela comptait parce qu'elle allait devenir sa femme. Et d'ailleurs, la priorité d'un chef était de veiller au bien-être de ses soldats. Comment auraient-ils été opérationnels, sinon ?

Mais elle n'est pas un de tes soldats.

Nazir refoula cette pensée alors qu'il humait la senteur délicate d'Ivy, de musc et de jasmin mêlés, qui lui rappelait ce qu'il avait ressenti en la tenant sous lui. Le pouvoir ne lui était pas étranger, et pourtant le pouvoir qu'il avait ressenti en la pénétrant lui avait semblé inédit. Elle avait levé les yeux vers lui, des yeux écarquillés par une douleur passagère qui avait vite cédé la place au plaisir… à l'émerveillement, même.

Les gens lui portaient souvent une admiration révérencieuse, souvent mêlée de crainte. Mais jamais d'émerveillement. Il avait l'impression d'être pour Ivy un délicieux secret, un mystère captivant qu'elle avait hâte de percer. Et elle n'avait pas semblé se soucier du contrôle qu'il devait exercer sur lui-même pour ne pas se montrer trop rude avec elle. En fait, elle avait paru avide de l'inciter à aller plus loin, de tester son empire sur ses sens…

Il se projeta avec excitation dans l'avenir, travaillé par un besoin primitif, sombre. Il avait envie de fondre sur elle comme le lion sur la gazelle, de lui mordre la nuque tout en la pénétrant rudement, violemment, et…

Non. Il n'allait pas céder à ces envies. Il avait éradiqué cette part de lui-même, et ne lui permettrait plus jamais de se déchaîner.

L'hélicoptère s'éleva au-dessus des montagnes, çà et là couronnées de neige. La source chaude et la vallée où elle était nichée composaient un bel endroit, moins âpre que le désert, plus bienveillant pour Ivy que le soleil torride, la chaleur, et une forteresse médiévale envahie de soldats.

— Oh ! s'exclama Ivy, qui regardait à travers la vitre. De la neige !

Avec effort, Nazir s'arracha à ses pensées.

— Oui. L'altitude des montagnes est assez élevée pour ça. C'est particulièrement joli en hiver.

— Tu veux bien m'expliquer ce que nous allons faire ici ?

— Je l'ai déjà fait, dit-il avec patience. Tu n'écoutais pas ?

— Non.

Elle avait dit ça avec une acidité certaine, et il s'en réjouit. Sa petite sorcière était sortie de son humeur silencieuse. Du moins, il l'espérait. Il préférait qu'elle soit impétueuse, cela au moins, il savait le gérer.

— Pour avoir un peu d'intimité et discuter dans un environnement plus plaisant, dit-il.

— La cour et le salon étaient tout à fait agréables.

Il examina son expression réservée, alors qu'elle regardait le paysage, de nouveau retranchée dans sa carapace de bon sens, et il eut soudain envie de percer cette carapace. De la réduire en miettes, pour que la femme chaleureuse, vivante qui était à l'intérieur puisse respirer.

— Sais-tu ce qui était tout à fait agréable ? fit-il d'un ton délibérément neutre. Que tu cries mon prénom en jouissant.

Elle s'empourpra.

— C'était… une erreur.

— Pas du tout. C'était délicieux.

Elle lui décocha un regard de dédain, avant de se tourner de nouveau vers la vitre.

— Pour toi, peut-être.

Quelle entêtée ! Quand donc allait-elle se dépouiller de son armure et se rendre ? Quelle était la clé qui la déverrouillerait ?

Oh ! mais il la détenait déjà. Il l'avait compris dans le salon, alors qu'elle haletait sous lui. Elle n'avait pas lutté, alors. Elle avait rendu les armes.

— Veux-tu dire que tu n'as pas aimé ça ? lui demanda-t-il, d'un ton égal, mais en posant sur elle un regard de faucon. M'aurais-tu laissé croire un mensonge ?

Elle rougit de plus belle, laissa échapper un soupir, et lorsqu'elle se tourna vers lui, cette fois, elle ne se déroba pas à son regard.

— Non, je ne t'ai pas laissé croire un mensonge.

— Donc, tu as aimé ça ? insista-t-il.

— Je… Oui, finit-elle par dire. J'ai aimé ça.

Il en éprouva une intense satisfaction, comme s'il n'avait attendu que cet aveu.

— Bien, dit-il en lui laissant voir son plaisir. Parce que j'ai l'intention de recommencer… souvent.

Elle était rouge comme une crête de coq, à présent, mais le regarda bien en face.

— Et si je ne le veux pas ?

— Rien ne te force à continuer de résister, petite sorcière, murmura-t-il. Parfois, on peut s'accorder une trêve.

— Ne m'appelle pas comme ça.

— Je m'arrêterai de le faire quand tu cesseras d'être furieuse.

— Je ne suis pas furieuse.

Pourtant, sa main, posée sur sa cuisse, s'était resserrée en un poing. Il eut l'étrange impulsion de le couvrir avec sa paume pour apaiser Ivy. Sa mère avait fait cela, une fois, dans son enfance, lorsque son père était venu l'emmener, mettant fin à un bref moment d'échange. Il avait protesté, trop jeune pour écouter son père qui lui enjoignait de se taire, alors, sa mère lui avait dit avec douceur en lui prenant la main : « Ne pleure pas, mon chéri. Je te reverrai bientôt. À la prochaine fois, d'accord ? » Et elle lui avait transmis un peu de sa chaleur.

Il avait oublié ça. Oublié le réconfort qu'il en avait tiré. Peut-être un tel geste réconforterait-il aussi Ivy. Il enveloppa donc de sa paume virile son poing serré. Elle tressaillit.

— Ne te méprends pas, lui dit-il. J'aime que tu me

résistes. Mais en combattant sans raison, tu te fatigueras sans aboutir à rien. Réserve ton énergie pour les combats importants.

Elle le dévisagea et, pendant un bref instant, l'atmosphère fut saturée d'une énergie intense, électrique.

— Le sexe, ça ne compte pas, alors ?

Cette question le heurta étrangement, tel un coup de poing à l'estomac qu'il n'aurait pas vu venir. Car en effet, le sexe n'avait jamais compté pour lui. C'était un besoin physique comme se nourrir et dormir, essentiel à son bien-être, mais rien de plus. Il avait cette réponse sur le bout de la langue, pourtant, tout au fond de lui il savait que c'était un mensonge.

— J'ai toujours pensé que non, dit-il, jusqu'à il y a quelques heures.

Ivy fronça les sourcils.

— Quelques heures ? Mais il y a quelques heures…

Elle s'interrompit, réalisant le sens de ses paroles, et sa réserve défiante s'effaça.

— Tu veux dire que ça compte à cause de…

De nouveau, elle se tut, comme si elle était incapable de finir sa phrase.

— À cause de toi, oui, acheva-t-il à sa place.

— Je ne comprends pas, fit-elle d'une voix enrouée. Pourquoi cela serait-il différent, maintenant ?

Il vit qu'elle était sincère. Elle lui avait déjà posé une question similaire sur son désir pour elle, dans le salon. Comme si elle ignorait à quel point elle était belle et passionnée.

Peut-être qu'elle n'en sait rien. Parce que personne ne le lui a jamais dit.

Curieusement ému, une fois de plus, il se surprit à tenir sa main et à caresser sa peau douce.

— Parce que tu es exaspérante, contrariante, têtue

et passionnée, dit-il. Tu es aussi loyale, courageuse et incroyablement belle.

Elle ne sourit pas, mais le regarda d'un air blessé.

— Tu ne me crois pas, hein ? demanda-t-il

Une fois encore, elle détourna le regard vers la vitre.

— Personne n'a jamais rien pensé de tel à mon sujet, dit-elle d'une voix si basse qu'il l'entendit à peine. Pourquoi serais-tu le premier à le faire ?

Il se rembrunit.

— Personne ? Vraiment personne ?

— Ce n'est pas important.

— Ivy…

Elle soupira, puis finit par lever les yeux vers lui, sur la réserve.

— J'ai été élevée dans un foyer d'accueil, et les gens ne se soucient guère des enfants placés, alors tu me pardonneras de prendre les compliments avec scepticisme.

Il comprenait sa réaction. Certains de ses hommes avaient été des enfants placés, il savait donc que ce n'était pas facile, quand on avait de tels antécédents. Pourtant, tout n'était pas négatif. Certains avaient trouvé des familles adoptives aimantes et encourageantes. Mais ce n'était peut-être pas le cas pour elle.

— Tu sembles avoir eu une expérience douloureuse, dit-il d'un ton neutre.

— Ce n'était pas aussi affreux que pour d'autres.

— Que s'est-il passé ?

Elle garda un instant le silence, puis retira sa main et se remit à contempler le paysage.

— Je ne veux pas en parler.

Son instinct lui souffla d'insister, mais le moment et le lieu étaient mal choisis. Ça irait mieux quand ils seraient dans sa résidence. Une fois qu'il aurait assouvi la faim désespérée d'Ivy, elle baisserait peut-être sa garde.

Dix minutes plus tard, l'hélicoptère atterrit sur le toit de la villa privée de Nazir. C'était une demeure en pierre blanche bâtie à flanc de montagne, surplombant une jolie vallée et sa célèbre source chaude.

L'endroit était depuis longtemps un lieu de villégiature pour l'aristocratie d'Inaris, et une ville s'était développée près de la source. Il y avait un élégant hôtel spa pour les touristes, quelques restaurants et bars, ainsi que le palais d'été du sultan. Mais Nazir préférait se tenir à l'écart, sa villa était donc éloignée de la petite cité.

Elle était édifiée autour d'une cascade issue de la source chaude et qui, ruisselant sur la roche, échouait dans la profonde piscine qu'il avait fait construire. Si plusieurs terrasses offraient une vue sur la vallée, l'arrière de la maison, où se trouvaient la cascade et la piscine, était à l'abri des regards.

Il n'avait pas souvent le temps de venir ici. Mais le personnel de la maison, sur ses instructions, avait préparé les lieux en vue de son arrivée, et dès qu'ils se posèrent, la gouvernante apparut, les escorta dans l'escalier de l'héliport puis dans la pièce de vie principale, fraîche et paisible.

L'après-midi s'achevait, le repas était en préparation. Désiraient-ils des rafraîchissements ? Nazir, après quelques directives, congédia la gouvernante, et suivit du regard Ivy qui gagnait la large porte-fenêtre ouvrant sur une terrasse.

Elle portait de nouveau sa tenue de yoga, et il se promit de vérifier si les vêtements qu'il avait fait acheter pour elle étaient arrivés, car la plupart des femmes aimaient se changer selon les occasions. Pour sa part, il se moquait de ce qu'elle mettait ; il désirait la voir nue…

Un silence, tendu, s'était installé entre eux. Ivy lui tournait le dos, et les derniers rayons du soleil, filtrant par la vitre, illuminaient la teinte chaude de sa chevelure châtain, réunie en queue-de-cheval sur la nuque. Sans presque en avoir conscience, Nazir l'avait déjà rejointe et prenait ses jolies mèches entre ses doigts, savourant leur texture soyeuse.

Ivy se figea et laissa échapper un soupir étranglé.

Le désir qui affleurait en lui, et n'avait en rien diminué depuis l'intermède du salon, s'intensifia. Il s'inclina pour poser la bouche sur la peau claire, sensible, de la nuque d'Ivy.

Elle frémit, mais ne bougea pas, habitée par une tension si forte qu'elle en devenait presque palpable. Elle le voulait, elle voulait ses caresses. Pourtant, elle luttait contre elle-même. Pauvre petite sorcière…

Sa peau se réchauffait au contact de ses lèvres, et quand il déposa un autre baiser dans son cou, elle frémit de nouveau.

— Viens, murmura-t-il, je vais te montrer la piscine. Je crois qu'elle te plaira.

— La piscine ? fit-elle d'une voix embrumée et incertaine.

— Nous sommes tout près d'une ville d'eau célèbre, mais tu n'as pas besoin d'aller au spa. J'ai ma source chaude personnelle, ici même.

Il l'attira contre lui. Elle se raidit un instant, puis, comme si elle renonçait à quelque lutte intime, elle se laissa aller.

— Je ne sais pas si j'en ai envie maintenant. Je crois que j'ai besoin d'être seule un moment.

Résolu à ne pas la laisser se retrancher en elle-même une fois de plus, Nazir la fit doucement pivoter face à lui, lui laissant voir qu'il ne lui laisserait pas d'échappatoire.

— Qu'est-ce qu'il y a, Ivy ? Pourquoi me résistes-tu si fort ?

Elle eut un léger frisson, et il entrevit encore le désespoir et la faim qui l'habitaient. Elle tentait de les lui dissimuler. Elle percevait le prédateur qui était en lui et ne voulait pas montrer de faiblesses. Il était trop tard, bien sûr. Il savait, maintenant.

— Cela a-t-il un rapport avec ce que tu as dit pendant

le trajet ? demanda-t-il en la voyant silencieuse. Au sujet de ton séjour au foyer d'accueil ? Allons, parle. Comment pourrais-je te rendre les choses plus agréables, si tu ne cesses pas de me repousser ?

Elle le regarda, sur ses gardes, puis dit sur un léger ton de défi :

— Je t'ai dit que j'étais en foyer, que personne ne s'intéresse aux orphelins placés, et c'est ce que j'ai vécu. En tout cas, on ne s'intéressait pas à moi. J'ai été la seule à ne pas être adoptée. Un à un, tous les enfants l'ont été, y compris mon amie Connie. Mais pas moi. Jamais.

Il y avait une colère ardente et une profonde souffrance dans ses yeux. Elle reprit :

— Certains me trouvaient trop renfermée. D'autres, trop exubérante. J'avais trop de troubles du comportement, ou alors j'étais trop âgée. Rien n'était jamais comme il fallait chez moi, et quoi que je fasse, ça n'y changeait rien. Et maintenant, tu me dis toutes ces choses que jamais personne n'a pensées de moi et… je n'arrive pas à te croire. Je ne peux pas. Parce que je me suis déjà trompée, Nazir, et que je l'ai payé cher. Trop cher.

Nazir plissa les yeux et, pendant un instant, elle en eut le souffle coupé. Elle ne savait pas déchiffrer l'expression qui passait sur ses traits inflexibles.

Elle s'était livrée beaucoup trop, sans doute. Elle aurait mieux fait de se taire, puisque ce qu'elle disait trahissait chaque fois un peu plus les blessures dont elle tentait de garder le secret. Qu'elle ne voulait montrer à personne, surtout pas à lui.

Mais il y avait en lui quelque chose qui mettait sa résistance à rude épreuve. Quelque chose dans sa voix grave et impérieuse, dans son regard pénétrant, dans les mains fermes qu'il posait sur elle, dans la manière dont il ne lui permettait pas de se dérober, sans se laisser rebuter par son attitude rebelle.

Il exigeait d'elle des choses qu'elle avait été décidée à ne donner à personne, et pourtant elle les lui livrait, tout comme, au fond, elle lui avait livré sa virginité. Il tirait d'elle du feu, de la passion. Cette passion et ce feu qu'elle dissimulait parce qu'ils faisaient partie de son envie désespérée de compter pour quelqu'un, dont elle n'arrivait pas à se délivrer malgré tous ses efforts. De son besoin d'être acceptée et aimée. Choisie.

Mais on ne l'avait jamais choisie, et à l'idée que Nazir pourrait bel et bien la choisir… Eh bien, elle avait du mal à l'accepter. Une fois, un couple charmant lui avait manifesté de l'intérêt, avait essayé de la connaître. Ils l'avaient emmenée en sortie une fois ou deux, puis l'avaient amenée chez eux et lui avaient montré la chambre qu'ils avaient décorée pour elle. Et elle s'était laissé aller à espérer, mais en fin de compte l'adoption ne s'était pas faite. Ils avaient changé d'avis, lui avait-on dit, sans lui en donner la raison. Mais Ivy la connaissait.

C'était elle. Comme toujours. Il y avait quelque chose qui n'allait pas chez elle.

Alors qu'elle tentait de se libérer, Nazir la relâcha soudain et recula d'un pas, posant sur elle un regard brûlant.

— Laisse-moi te montrer la piscine, dit-il – et ce n'était pas une requête.

— Mais je…

Sans mot dire, il tendit la main et l'entraîna hors du living, dans un couloir dont le parquet était illuminé par la lumière vespérale. Les murs étaient clairs, le plafond étayé de poutres de bois foncé. On avait accroché au mur un ensemble de très beaux tapis au point noué qui conféraient aux lieux un luxe chaleureux.

Le couloir conduisait à une terrasse en pierre, et la montagne s'élevait juste au-delà. Cette terrasse aboutissait à un bassin profond, d'un bleu intense, alimenté par la chute d'eau qui cascadait le long de la montagne. La roche étincelait de bleu, de blanc, de rose, grâce aux dépôts minéraux laissés par l'eau que les flammes des braseros disposés autour de la piscine rendaient plus scintillants encore.

Jamais Ivy n'avait vu un endroit aussi beau.

Nazir lui lâcha la main et se tourna vers le bassin. Puis, tranquillement, il ôta ses vêtements, les déposa sur l'un des transats à la toile de lin blanc placés près des bords.

Ivy resta saisie, la bouche sèche, devant cette beauté virile soudain révélée. Il était imposant, très musclé. Sur sa peau couleur de bronze, le chatoiement des flammes des braseros soulignait les lignes vigoureuses de son corps comme modelé par un sculpteur, ses larges épaules, sa taille mince, ses longues jambes puissantes. C'était un superbe spécimen masculin, en pleine forme physique. Par endroits, sa peau brune était marquée de cicatrices dont elle comprit, ébranlée, qu'elles étaient les stigmates d'une vie de violence. Évidemment. Puisque c'était un soldat, à la tête de toute une armée.

Une fois nu, il gagna le bord du bassin avec la grâce athlétique d'un fauve puis, négligeant les marches qui menaient dans l'eau, il plongea presque sans faire de vagues. Quelques secondes plus tard, il refaisait surface, rejetant en arrière sa chevelure brune, puis, se tournant vers elle, il tendit les bras et darda sur elle le feu de son regard bleu-vert.

Il attendait qu'elle le rejoigne.

Une onde de chaleur la parcourut. C'était trop tentant pour résister et, poussée par la faim qui la rongeait, au lieu d'ignorer Nazir elle ôta ses vêtements un à un, puis ses sandales.

Sous son regard intense, elle se sentait enfiévrée, avait la bouche sèche. Résistant à l'envie de cacher son corps de ses mains, elle gagna le bord du bassin.

Il suivit ses mouvements, comme hypnotisé. Il était évident que ce qu'il voyait lui plaisait, il ne cherchait pas à s'en cacher.

Nazir gagna le bord du bassin et ouvrit les bras.

— Non. Viens à moi, Ivy, murmura-t-il.

Elle ne savait pas pourquoi il voulait l'amener lui-même dans l'eau mais, non sans gêne, elle s'assit au bord du bassin puis se pencha vers lui. Il posa les mains sur ses hanches et, tout à coup, elle se sentit toute légère, environnée par une eau délicieusement chaude, en contact avec son corps viril qui l'attirait à lui.

Elle n'avait pas pied, et ne pouvait que s'accrocher à lui, mais il l'enlaçait, ses bras la serraient plus étroitement contre lui, l'amenaient à replier les jambes autour de ses reins, la pressaient contre son torse ferme. Une part d'elle voulait le repousser, se mettre à distance, mais c'était impossible. Elle en était à la fois ravie et profondément troublée.

Comme le regard de Nazir captait le sien, un curieux sentiment de sécurité commença à se diffuser en elle. Elle se laissa aller. Il avait la peau si lisse et si chaude, et il était si fort ! On aurait dit qu'il pourrait la tenir ainsi éternellement.

Sans parler, il se rapprocha de la cascade qui se déversait en douceur dans le bassin.

— Ne t'inquiète pas, murmura-t-il, elle est chaude.

— Je n'ai pas peur, dit-elle. C'est beau.

— Oui. Et il y a trop longtemps que je ne suis pas venu ici.

— Pourquoi ? Tu es trop occupé ?

Il esquissa un demi-sourire.

— Oui, et aussi parce que je n'aime pas me tourner les pouces. C'est un refuge, et je ne suis pas du genre à me réfugier au calme.

— Que fais-tu alors ? Tu mènes des guerres avec ton armée ?

— Cela t'intéresse réellement, petite sorcière, ou c'est juste pour faire la conversation ?

Ivy rougit.

— J'en ai peut-être assez de parler de moi. Et puis tu as dit qu'on devait se connaître mieux, non ?

Il se rapprocha encore de la cascade, dont le grondement léger remplissait le silence ambiant.

— Je ne mène pas de guerres avec mon armée. C'est une force de protection. Par exemple, il arrive que des gouvernements nous engagent pour protéger les bureaux de vote et garantir des élections libres, ou défendre des hôpitaux et leur personnel, ou d'autres infrastructures essentielles, en période de troubles. Parfois, ce sont des compagnies privées qui nous sollicitent pour libérer des otages, protéger des biens et des personnes.

Brusquement, il eut un sourire, splendide et ravageur, dans l'ultime lumière du jour.

— Je choisis les contrats que nous acceptons, et je refuse qu'on se serve de mes hommes pour mener des guerres frontalières ou des conquêtes territoriales. Nous sommes des gardiens de la paix, pas des tueurs.

Intéressée malgré elle, Ivy lui caressa distraitement les épaules, tout en l'examinant.

— Cela paraît très altruiste, pour une horde d'hommes entraînés à en tuer d'autres.

Le sourire de Nazir fut réellement amusé, cette fois.

— Tu es sceptique, et je suppose que c'est naturel. Mais j'ai fait mes premières armes dans la garde du palais, et le rôle d'une garde est la défense, pas l'attaque.

— Tu voulais faire une carrière militaire, alors ? Suivre les pas de ton père ?

— Oui. Je n'ai jamais eu d'autre choix. Comme tu le sais, on m'a envoyé à Cambridge pendant quelques années, mais en dehors de ça il a toujours été entendu que je deviendrais soldat.

— Pourquoi Cambridge, alors ? s'enquit-elle avec curiosité.

— Pour recevoir une éducation convenable, répondit-il, une pointe d'amertume dans la voix.

Elle fronça les sourcils.

— Pourquoi ai-je l'impression qu'il y a autre chose là-dessous ?

— Parce qu'on ne m'a pas envoyé là-bas pour cette seule raison.

— Quelles étaient les autres raisons, alors ?

— Ma mère était la sultane et m'avait mis au monde en secret. J'ai été élevé par mon père. Il m'était permis de la rencontrer de temps à autre, et mon père m'emmenait la voir pour qu'on soit ensemble. Mais elle ne pouvait pas passer trop de temps avec le fils du commandant, sinon les gens se seraient mis à jaser. Cela ne me suffisait jamais. J'en voulais toujours plus.

Il avait dit cela d'un ton neutre, mais elle percevait une profonde émotion, sous ses paroles. De la colère, aussi. Cependant, les traits de Nazir ne révélaient rien, comme de coutume.

Elle sentait pourtant qu'il était en colère, et comprenait pourquoi. Parce qu'elle aussi en avait voulu toujours plus sans jamais rien avoir. Elle avait voulu une mère et un père, des frères et sœurs, une famille.

Contrairement à elle, Nazir avait connu ses parents. Mais avait-il vraiment eu une mère ? De toute évidence, il pensait que non. Qu'est-ce qui était pire ? Avoir un parent qu'on ne voyait que de loin et rencontrait rarement, ou n'avoir pas de parent du tout ?

Ivy l'ignorait. Mais elle pensait au bébé qui grandissait en elle, et qui lui au moins aurait un père et une mère. Même si cette mère savait à peine ce qu'elle faisait.

Nazir a bien fait de te garder ici, au fond.

Elle enroula les bras autour de son cou, savourant le contact de sa peau lisse et chaude.

— Parle-moi de ce que tu voulais, demanda-t-elle.

Le visage de Nazir était tout près, le soleil déclinant dorait les angles et les méplats de ses traits, et son regard brûlait d'un feu si intense qu'elle en eut le souffle coupé.

— Je voulais tout, dit-il de sa voix de bronze. Je voulais être ouvertement, fièrement son fils. Je voulais ce qu'elle donnait à mon demi-frère : son temps et ses attentions, sa douceur et son amour. Mais mon père craignait que je ne passe trop de temps auprès d'elle. Cela allait quand j'étais petit, car il était notoire que la sultane adorait les enfants, et cela pouvait expliquer l'attention qu'elle m'accordait. Mais plus lorsque j'ai grandi. Alors, mon père a décidé qu'il valait mieux que je m'éloigne. C'est pour ça qu'on m'a envoyé à Cambridge.

Elle avait vu juste, il était en colère. Et sous cette colère, elle percevait son désir inassouvi d'attention et d'amour. Un désir qui lui était familier…

— Tu ne voulais pas y aller ? demanda-t-elle.

— Non, dit-il, lui enveloppant les fesses avec ses paumes. Mais je n'avais pas le choix. Ces trois ans passés en Angleterre m'ont donné le temps de réfléchir, de penser jusqu'à l'obsession à ce que je n'avais pas et à ce que je voulais. Ma mère m'aimait et aimait mon père ; elle était malheureuse avec le sultan, et je ne voyais pas pourquoi elle devait continuer à mener une vie aussi triste. Alors, quand je suis rentré à Inaris, je suis allé la voir aussitôt. Je lui ai dit qu'elle devait partir avec mon père, que je l'aiderais, que nous pouvions sortir du pays, être ensemble, former une famille heureuse. Mais elle a refusé. Elle ne voulait pas quitter son époux, elle ne voulait pas laisser mon demi-frère. J'étais furieux, alors je me suis mis à hurler, et tout à coup la pièce s'est remplie de soldats.

Fahad, mon demi-frère, nous écoutait. Il avait tout entendu et découvert notre secret.

— Oh ! Nazir ! soupira Ivy, le cœur serré.

— Il y a eu une confrontation, je l'ai agressé. Ma mère a tenté de m'en empêcher, mais je ne l'ai pas écoutée. J'étais trop furieux, trop jaloux. Il avait tout je que j'avais toujours voulu, et elle ne voulait pas le quitter.

Nazir serra les mâchoires.

— Mais on n'agresse pas l'héritier royal sans conséquence, et j'ai été mis en prison, dans l'attente de mon exécution. Ma mère a imploré le sultan de me laisser la vie sauve, et j'ignore comment elle s'y est prise, mais elle a obtenu ma liberté.

— Et après ? fit Ivy, qui ne désirait qu'à moitié connaître la suite, qu'elle ne devinait guère heureuse.

— Mon père et moi avons été bannis du palais. Le sultan voulait le faire exécuter, mais mon père avait trop de pouvoir. Au lieu de ça, il a perdu son poste de commandant des armées, et aucun de nous deux n'a plus jamais revu ma mère.

— Oh non ! soupira Ivy, bouleversée.

— Pendant longtemps, nous n'avons pas su ce qui lui était arrivé. Elle a disparu de la vie publique, et la rumeur a couru que le sultan l'avait fait tuer à cause de son infidélité. Mon père ne m'a jamais pardonné ce qui s'est passé. J'avais toujours été sa honte secrète, et voilà qu'à cause de moi la femme qu'il aimait devait souffrir énormément… J'aurais dû me contenter de ce que j'avais.

Nazir marqua un arrêt, son regard se concentra soudain sur Ivy.

— Mais assez parlé de moi ! lança-t-il abruptement.

Ivy eut à peine le temps de réaliser ce qui se passait que, déjà, il l'avait emmenée sous la cascade, et l'eau chaude ruisselait sur eux… Tout à coup, elle sentit les lèvres de Nazir sur les siennes.

Des questions se bousculaient dans son esprit, qui tentait d'assimiler ce qu'il lui avait dit, et elle avait de la peine pour lui, le cœur serré, à l'idée de tout ce qu'il avait perdu. Mais ses pensées étaient ralenties, comme engourdies par le désir qui déferlait sur elle, prenant le dessus.

Tout à coup, elle comprit ce que Nazir cherchait, ce qu'il voulait obtenir en la gardant ici. Qu'il en eût conscience ou pas, il voulait une famille, lui aussi. Il voulait ce qu'il avait tant désiré autrefois et n'avait jamais eu.

Pourquoi ne pas le lui accorder ? Ils cherchaient tous les deux la même chose apparemment, et ils s'étaient enfin trouvés, alors à quoi bon lutter ? Il avait dit qu'elle était sienne ; qu'est-ce qui l'empêchait de l'accepter ? Après tout, nul autre n'avait jamais voulu la posséder. Cela pourrait donc être Nazir.

Cette décision s'enracina en elle, et elle agrippa Nazir plus fort, serrant plus vigoureusement les jambes autour de lui, parce qu'elle aussi voulait le posséder. Elle lui rendit son baiser avec plus de fougue, les yeux clos sous l'eau ruisselante, savourant le contraste érotique entre sa peau si lisse et la dureté du sexe durci entre ses cuisses.

Mais Nazir refusa de hâter l'échange et continua à l'embrasser à loisir. Cette fois, elle ressentait un besoin moins désespéré. L'eau qui se déversait sur eux l'apaisait, ainsi que la chaleur du bain où ils étaient plongés, la force de l'homme qui l'enlaçait, le feu de son baiser. Peu à peu, elle se détendit, s'abandonnant à la lenteur érotique de sa caresse, lui rendant avec la même douceur.

Quand il resserra son étreinte et la souleva un peu, elle ondula pour mieux s'offrir à lui. Mais Nazir la titilla un moment, lui arrachant des frissons, avant de lui saisir les hanches.

— Prends-moi, petite sorcière, chuchota-t-il, la voix grave et rauque. Parce que ceux qui n'ont pas voulu de toi étaient des imbéciles. *Moi*, je te veux. Alors, donne-moi ta passion. Totalement.

Il n'avait pas oublié ce qu'elle lui avait dit, contrairement à ce qu'elle avait supposé. Elle eut la sensation que quelque chose, dans son cœur, trouvait enfin sa place.

Elle eut envie de lui donner cette passion, à cet homme si dur qui la traitait avec gentillesse. Lui, ce chef d'une armée qui possédait en plein désert une cour plantée d'arbres où chantait une fontaine. Cet homme à qui les plaisirs semblaient étrangers et qui possédait une villa avec une source chaude où il ne venait pas par mépris de l'oisiveté. Ce cruel chef de guerre, selon son propre aveu, qui avait pourtant veillé à son confort.

Il était tout en contraste, en contradictions, même. On aurait dit qu'il s'interdisait les choses qu'il désirait, peut-être pour se punir, où tirer la leçon de ce qui lui était arrivé autrefois – une mère et un père dont la vie avait été détruite à cause de ses actes. Une famille qu'il avait anéantie.

Pourtant, il la voulait encore, cette famille. Et c'était là une nostalgie qui lui était si familière ! Elle n'eut donc aucune arrière-pensée lorsqu'elle lui entoura le cou des bras, serra les jambes autour de ses hanches, lui offrant toute la passion qui la consumait jusqu'à ce qu'ils sombrent tous deux dans les abîmes du plaisir.

9.

Nazir n'avait pas prévu de dire à Ivy tout ce qui s'était passé avec sa mère. Il avait juste eu l'intention de lui dire pourquoi on l'avait envoyé à Cambridge, puis de l'embrasser.

Mais, enlacé par elle, au contact de sa peau nue si douce, sous son regard ambré, il s'était surpris à en dire plus qu'il ne l'aurait voulu. Plus qu'il n'en avait dit à personne. Il ne s'était pas attendu à voir resurgir sa nostalgie, ni la colère qui l'accompagnait. La colère, la jalousie et le chagrin dont il croyait s'être débarrassés depuis des années, et la honte qu'il n'avait jamais acceptée.

C'était une bonne chose. Il ne pouvait pas tolérer que ces émotions aveuglent son jugement, comme tant d'années auparavant. L'enjeu était trop important. Il fallait à tout prix protéger Ivy et le bébé. En particulier contre lui-même. Sa perte de contrôle avait détruit la famille qu'il avait failli avoir, et sa mère…

Il avait fini par découvrir son sort. Après la révélation de sa liaison, le sultan l'avait bannie d'Inaris. Elle était morte en Suisse, sans jamais avoir revu ses deux fils et l'homme qu'elle aimait.

C'était sa faute à lui, Nazir. S'il n'avait pas perdu son sang-froid, s'il n'avait pas agressé Fahad, tout aurait pu être différent. Mais il ne pouvait rien y changer, ni changer le destin de sa mère. Il pouvait seulement veiller à rester maître de lui et à ce que rien de tel ne se reproduise.

Ce ne fut pas difficile, d'autant qu'au cours des jours suivants, Ivy cessa de se montrer entêtée, de s'opposer à lui. Elle laissait éclore la femme qu'elle était réellement.

Et quelle femme ! Chaleureuse, pleine de vie, attentionnée et curieuse de tout. Comme lui, elle n'aimait pas rester inoccupée. Il l'emmena donc faire quelques promenades à cheval en montagne, lui montrant la vallée et les belles vues qu'on avait depuis les hauteurs. Il lui apprit à nager dans l'eau de la source chaude, et à lui donner du plaisir, tout comme il explorait les diverses façons de la combler sensuellement.

Ils dînaient aux chandelles sur les terrasses, au bord de la piscine, ou dans de jolis lieux proches de la villa, tout en discutant de divers sujets, de leur mariage, de l'éducation de leur enfant.

Ivy avait certains points de désaccord avec Nazir, mais leur conviction commune fut vite évidente : le bébé avait besoin de ses deux parents, et d'une base, un lieu sûr où grandir.

— Et moi ? demanda un soir Ivy alors qu'ils étaient assis près du bassin et de la cascade où jouait la lueur dansante des braseros. Élever mon enfant, c'est essentiel, bien sûr. Mais j'ai besoin d'autre chose dans ma vie.

Nazir regarda, au-delà de la table basse, Ivy qui était assise face à lui sur un coussin de sol. Elle avait les cheveux lâchés, comme il le préférait. Elle ne portait qu'une robe de soie rouge brodée de fils d'or, qu'il avait commandée exprès pour elle. Le beau tissu faisait resplendir sa peau laiteuse et soulignait l'harmonie de son joli visage. Les fils brodés accentuaient l'or cuivré de ses yeux. Et, ce qui ne gâtait rien, le tissu légèrement transparent lui permettait d'entrevoir son magnifique corps nu.

En la regardant, en contemplant sa beauté et sa sensualité, et le léger arrondi de son ventre qui portait son enfant, il sentait sa possessivité grandir. Comme s'il était… prêt à combattre quiconque l'aurait approchée, ou seulement regardée. Et si quelqu'un d'autre osait la toucher…

Il se força à détourner les yeux, tenta de maîtriser la fureur qui le prenait à cette idée.

Elle est dangereuse pour toi. Elle t'inspire des sentiments trop forts.

Mais non, c'était une sottise. Il contenait parfaitement ses émotions, pensa-t-il en avalant une gorgée de vin et en reportant son attention sur la question qu'elle venait de poser.

Elle avait besoin d'autre chose, en effet, et il en avait de plus en plus conscience. Il lui avait dit, lors de leur rencontre, qu'elle avait mené une existence étriquée et, s'il n'avait pas cherché à se montrer cruel, il continuait à en être convaincu. Elle était très intelligente, curieuse et capable d'une vision d'ensemble – talent que le chef d'armée qu'il était appréciait à sa juste valeur.

Il avait mis en place un grand nombre d'organisations qui auraient gagné à être restructurées, et Ivy serait parfaite pour une telle mission. Car, de bien des façons, elle était faite pour diriger, elle aussi. N'avait-elle pas tenu ce rôle dans le foyer ? Elle avait dirigé des gens, et si ce n'étaient pas des militaires, au bout du compte, une armée ce n'était jamais qu'un ensemble de personnes opérant au sein d'une organisation.

— Je suis du même avis, lui dit-il. Il te faut autre chose. Qu'aimerais-tu faire ?

Elle plissa le front, alors qu'elle sirotait son jus d'orange.

— Tu sais, je n'y ai pas vraiment réfléchi. En Angleterre, je n'avais guère le choix, alors je…

— Tu as toujours eu des possibilités, la coupa-t-il. Tu es intelligente, tu as l'esprit ouvert et tu débordes d'énergie. Des atouts dont n'importe quel employeur, doyen d'université ou organisme de formation aurait tiré grand profit.

Pourquoi es-tu restée au foyer ? Tu aurais pu aller où tu voulais, faire ce que tu voulais.

Elle rougit, baissa les yeux sur son verre.

— Le foyer était mon univers. Et je voulais être sûre qu'on veillerait sur chacun des enfants, qu'on se soucierait d'eux. De plus, Connie habitait tout près. Et puis… je ne connaissais rien d'autre, j'imagine.

Nazir comprenait ça, mais comprenait aussi que ce n'était rien de tout cela qui l'avait retenue. Elle qui était si obstinée, si résolue ! Elle avait traversé le désert, bravé les rumeurs qu'il avait répandues sur son compte pour accomplir le vœu ultime de son amie mourante. Si elle avait voulu changer d'horizon, elle l'aurait fait.

— Tu ne désirais rien d'autre ? Tu ne rêvais pas d'une vie meilleure ? D'avoir plus que ce que tu avais ?

— Non, dit-elle à voix basse, sans lever les yeux. C'était plus facile comme ça. Plus facile que d'espérer avoir ce que je n'avais aucune chance d'obtenir.

— Et c'était quoi, ce que tu n'avais aucune chance d'obtenir ? demanda-t-il bien qu'il connût la réponse.

Enfin, elle leva les yeux.

— Une famille, Nazir.

Il y avait tant de franchise dans son regard ! Elle avait laissé tomber son armure, ne se dérobait pas. Elle lui livrait le fond de son cœur.

« J'ai été la seule à ne pas être adoptée. Un à un, tous les enfants l'ont été, y compris mon amie Connie. Mais pas moi. Jamais. »

Elle lui avait dit cela, quelques jours auparavant.

— Il n'y a jamais eu quelque chose qui n'allait pas chez toi, Ivy, dit-il doucement, lisant dans son regard les doutes qui l'habitaient, et sa souffrance. J'ignore pourquoi tu n'as jamais été adoptée, mais ce n'est pas à cause d'un manquement de ta part. Tu le sais, n'est-ce pas ?

— Non. Je ne le sais pas, dit-elle d'une voix rauque et

incertaine. Il y a eu un couple qui pensait m'adopter. Ils m'ont montré la chambre qu'ils avaient préparée pour moi, ils m'ont dit qu'ils avaient hâte que je sois leur fille. Mais… à la dernière minute, ça n'a pas marché. On m'a appris qu'ils avaient changé d'avis, sans m'expliquer pourquoi.

Quelque chose de poignant lui étreignit le cœur, et il fut conscient de la colère qui allait avec. Colère contre ces idiots qui avaient alimenté l'espoir d'une fillette pour l'anéantir ensuite. Il leur en voulait de l'avoir déçue et fait souffrir. De l'avoir amenée à douter d'elle. Son intense fureur semblait hors de proportion avec cette simple déception enfantine. Mais il n'y avait rien de simple là-dedans. Puisque ça l'avait profondément blessée.

— Tu crois que c'était ta faute ? demanda-t-il en s'efforçant d'endiguer sa fureur.

— Qui d'autre en aurait été responsable ? Je ne vois pas. Ce n'était pas le seul couple, Nazir. Il y en a eu d'autres. Je n'ai jamais su pourquoi. Et c'était peut-être ce qu'il y avait de pire. Ne pas savoir. Parce que je ne pouvais rien contre ça, je ne pouvais rien changer. Pour me rendre… je ne sais pas… plus acceptable.

En la voyant abattue, peu sûre d'elle, Nazir sentit redoubler sa rage. Il avait envie de faire du mal à ceux qui l'avaient blessée, de les faire souffrir pour qu'ils ne recommencent jamais plus.

Pourquoi as-tu ces idées ? Pourquoi te laisses-tu bouleverser par elle ?

Cette pensée se fit jour à travers sa colère, et le glaça. Parce qu'il se laissait bel et bien déstabiliser, non ? Il accordait de l'importance aux sentiments d'Ivy, à Ivy elle-même. Et il ne pouvait pas le permettre.

Tu ne te contrôles peut-être pas aussi bien que tu le crois.

Il se sentait prêt à bondir, à partir à la recherche des ennemis d'Ivy et à en triompher. Ou, mieux encore, il avait envie de la renverser sous lui, de lui arracher sa robe et de lui montrer à quel point il la voulait, lui. Pour effacer à jamais le chagrin qu'il voyait sur son visage, la marquer de son empreinte, pour qu'elle se sache désirée pour de bon.

— Acceptable, tu l'as toujours été, lui dit-il, luttant pour garder une voix égale et conscient de parler plus rudement qu'il ne l'aurait voulu. C'étaient eux qui avaient un problème, pas toi.

— Tu crois vraiment ce que tu dis ?

Il y avait tant d'espoir dans ces mots qu'il sut qu'il allait devoir se livrer à elle, même si sa raison le mettait en garde contre un tel abandon.

— Oui, dit-il, chacun de ses mots vibrant de conviction pour qu'elle n'ait aucun doute. Chez toi, tout est parfait. Ta force et ta loyauté, ta passion, ton intelligence, ta curiosité, ta détermination obstinée, et même ta colère. Tout. Compris ?

Elle s'était figée et le dévisageait, le regard envahi d'une infinité de choses qu'il ne pouvait pas identifier. Et pendant tout ce temps, il lui sembla qu'on lui avait passé autour du cou un nœud coulant qui ne cessait de se resserrer. Il étouffait.

Si Ivy t'inspire des sentiments aussi forts, qu'en sera-t-il pour ton bébé ? Que ressentiras-tu pour lui ?

Car ce n'était pas seulement Ivy qui avait le pouvoir de mettre à l'épreuve sa maîtrise. Son enfant l'aurait aussi. Son bébé. *Leur* bébé.

Tu éprouveras la même fureur. Le même besoin de le protéger, de le défendre. La même jalousie, le même instinct de propriétaire, et tu en voudras toujours plus, et cela ne te suffira jamais...

Sa sensation d'étouffement devint encore plus intense et, posant son verre sur la table basse, il se leva d'un bond, presque sans savoir ce qu'il faisait.

Ivy le dévisagea avec surprise.

— Nazir ? Qu'est-ce qui ne va pas ?

La lumière dansa sur son joli visage, illumina les formes délicieuses de son corps sous sa robe diaphane, et il eut un fol accès de désir. Pas seulement pour une étreinte sensuelle, mais aussi pour quelque chose de plus profond, de plus riche. Quelque chose dont il savait, au fond de lui, qu'il ne le méritait pas.

— Rien, dit-il. J'ai des choses à faire, c'est tout.

— C'est à cause de moi ? J'ai dit quelque chose qu'il ne fallait pas ?

— Non. Je dois vérifier une chose ou deux au sujet de notre mariage.

Il se dirigea vers le seuil de la villa, loin de la femme ravissante assise près de lui.

— Nazir ?

Il ne répondit pas. Il en était incapable. Il fallait qu'il se débarrasse de ces sentiments et, heureusement, il savait ce qui l'y aiderait. Il s'éloigna, la laissant seule.

Ivy fixa d'un air interdit le seuil où Nazir venait si soudainement de disparaître, prise d'une anxiété qui ne lui était que trop familière. Que s'était-il passé ? Pourquoi était-il parti ainsi ?

Ils avaient eu un agréable dîner, rendu encore plus agréable par les choses qu'il avait dites sur elle. Elle ne savait pas très bien comment il avait deviné son angoisse d'avoir une faille, un défaut, quelque chose de mauvais. Comment expliquer autrement qu'elle n'avait été adoptée par personne ?

Cela l'avait rongée pendant des années, même si elle avait eu horreur de l'admettre. Pourtant, en voyant le regard convaincu de Nazir, elle avait eu l'impression qu'il mettait du baume sur une blessure encore à vif. Comme si soudain tous ces gens n'avaient plus d'importance, et leur opinion non plus.

Nazir la trouvait parfaite, c'était tout ce qui comptait.

Elle n'avait jamais eu droit à toutes les attentions de quelqu'un. Personne ne lui avait jamais accordé la priorité. Personne ne s'était intéressé à ses opinions, n'avait eu envie d'en discuter avec elle ou, tout simplement, de l'écouter. Non, ce n'était pas tout à fait vrai. Elle avait eu Connie, qui lui avait donné une idée de l'amitié. Mais ce qu'il y avait entre elle et Nazir n'était pas de l'amitié. C'était quelque chose de différent, de plus profond. Et puis, elle portait son enfant…

Un enfant qu'elle avait commencé à considérer comme le leur. Elle ne voulait pas cesser de penser que Connie était la mère du bébé, car c'était pour Connie qu'il avait été conçu. Mais comme elle n'était plus de ce monde, c'était elle, Ivy, qui devrait prendre sa place.

Elle posa une main sur son ventre, envahie par une sensation de paix, comme si elle venait de passer un accord avec elle-même. Oui, elle serait la mère de ce bébé, et Nazir serait son père. Ensemble, ils formeraient une famille. C'était ce qu'elle avait toujours désiré. Ce qu'ils désiraient tous les deux, à en croire Nazir.

Mais… Quelque chose l'avait affecté, avait durci ses traits et voilé ses yeux turquoise.

C'est toi. Tu sais bien que le problème, c'est toujours toi.

Non, elle ne pensait pas que c'était vrai cette fois-ci. Ils parlaient d'elle, certes, mais il lui avait dit qu'il la trouvait parfaite. Alors, pourquoi était-il parti si brusquement ?

Une semaine plus tôt, elle aurait ignoré cet incident, pour oublier son anxiété à l'idée d'en être la responsable. Mais désormais, elle avait changé. La nouvelle Ivy avait découvert que Nazir était envoûtant quand il souriait et qu'il aimait s'amuser. Qu'il était intéressant et cultivé, qu'il avait parcouru le monde et répondait volontiers à ses questions à ce sujet.

La nouvelle Ivy avait le pouvoir de déchaîner son désir,

jusqu'à l'incandescence. Et elle n'allait sûrement pas le laisser la quitter ainsi sans découvrir ce qui le faisait souffrir.

Ayant avalé une dernière gorgée de jus d'orange, elle gagna le seuil, la soie de sa robe bruissant autour d'elle. Elle ignorait où il était allé, mais elle jeta un coup d'œil dans les endroits habituels : le vaste séjour, la terrasse, la petite bibliothèque confortable. Il n'y était pas, ni dans son bureau ni dans la chambre. Il ne restait qu'un lieu où il était susceptible de se trouver : la salle de sports, au sous-sol.

La demeure en pierre et son mobilier étaient intemporels, mais le gymnase était très moderne. C'était un vaste espace avec des glaces sur un pan de mur et de nombreux appareils – rameurs, tapis de course, vélos elliptiques, bancs de musculation, barres asymétriques…

Nazir était au-dessous de la plus haute, torse nu. Alors qu'Ivy s'arrêtait sur le seuil, il leva les bras et, d'une impulsion puissante et gracieuse, se suspendit à la barre. Puis, avec une force toute virile, il entama une série de tractions.

Elle le regarda. Il y avait quelque chose de sauvage dans ses mouvements, dans sa puissance et sa maîtrise combinées, et c'était fascinant. La lumière de la salle mettait l'accent sur ses muscles bien sculptés, son ventre plat, son large torse et la contraction de ses biceps. Il était à la fois élégant et athlétique, sa peau cuivrée luisait de sueur.

Elle déglutit, aux prises avec un violent désir. Un guerrier, voilà ce qu'était Nazir. Un guerrier incarné, conçu pour protéger et défendre.

Pourtant, il ne se résumait pas à cela. Il y avait chez lui de la compassion, dont il n'avait peut-être pas conscience ou qu'il tentait de cacher, mais perceptible dans ses propos sur ses hommes, dans sa gestion de son armée. Et dans ses attentions pour elle.

Qu'espérait-il gagner ainsi ? Que cherchait-il à prouver ? Voulait-il être une épine dans le pied de son demi-frère ?

Ou y avait-il autre chose ? Croyait-il, comme elle l'avait cru en ce qui la concernait, qu'il n'était pas capable de mieux ?

Il acheva ses tractions, se laissa retomber au sol et, essuyant sur ses paumes la magnésie qui facilitait la prise, il dit sans se retourner :

— Je te suggère d'aller t'occuper, Ivy. J'en ai encore pour une heure au moins.

Elle n'esquissa pas le moindre mouvement.

— Pourquoi es-tu parti ? demanda-t-elle.

— Je te l'ai expliqué, j'avais des choses à faire.

— Oui, et je constate qu'elles t'occupent beaucoup.

Nazir se retourna, les traits aussi impassibles et indéchiffrables que de coutume. Mais son regard, lui, brûlait, étincelant comme une flamme. Ivy s'avança vers lui.

— Reste où tu es, dit-il d'une voix âpre, rocailleuse.

— Pourquoi ?

— Il vaut mieux pour toi que tu sois loin de moi, en ce moment.

— Que veux-tu dire ? demanda-t-elle, bien qu'elle eût une idée de la réponse. Qu'y a-t-il de mal à être près de toi ?

Il s'était immobilisé tout à fait et dégageait une énergie féroce de prédateur. Elle sentit son cœur s'accélérer alors qu'elle le regardait. Il paraissait dangereux, affamé, tel un fauve longtemps privé de nourriture et, malgré elle, elle eut le sentiment d'être la proie qu'il venait de repérer… sur laquelle il bondirait au moindre geste.

Il ne veut pas que tu l'approches parce que tu menaces son empire sur lui-même.

Sa lucidité soudaine fut accompagnée d'une poussée d'adrénaline. Mais oui, c'était ça, n'est-ce pas ? Et il tenait à garder le contrôle, si précieux pour lui. Il avait toujours été mesuré avec elle, précautionneux et doux, et elle avait adoré ça.

Mais cela convenait à la femme qu'elle était à son arrivée à la forteresse, pas à celle qu'elle était devenue.

Maintenant, elle voulait plus que du ménagement et de la douceur, et elle ne se laisserait pas rebuter par de prétendues « choses à faire » et autres prétextes fallacieux. Il avait fait éclater la passion qui était en elle, pourquoi ne ferait-elle pas éclater celle qui était en lui ?

Elle fit un pas, puis un autre, avançant vers lui avec lenteur, sa robe diaphane tourbillonnant autour d'elle.

— Ivy…

Son ton impérieux ne l'arrêta pas.

Elle était trop fascinée par l'éclat de son regard, par la gourmandise prédatrice qu'elle percevait de plus en plus nettement à mesure qu'elle se rapprochait de lui. Oh oui ! il était tel un fauve prêt à fondre sur sa proie.

Mais elle n'était pas sa proie. Elle était son égale, et il était temps qu'il en prenne conscience. Le moment était venu de lui montrer qu'elle n'avait pas besoin qu'il soit constamment gentil avec elle. De lui apprendre que les femmes étaient fortes.

Elle avança donc jusqu'à lui. Aucun autre homme ne l'excitait, ne la stimulait, ne la fascinait comme lui, et même si elle avait des hommes une expérience limitée, elle n'avait nul désir d'aller voir ailleurs. Tout ce qu'elle avait toujours désiré était là, devant elle.

Elle leva la main et la posa à la naissance de son cou, sur sa peau chaude, là où battait son pouls. Il se raidit à ce contact, son regard s'embrasa, et elle en fut électrisée.

— Je n'ai pas peur de toi, Nazir, lui dit-elle en soutenant son regard. Alors, pourquoi devrais-je garder mes distances ?

Il lui saisit le poignet.

— Tu devrais avoir peur. Je peux être dangereux lorsqu'on met mon sang-froid à l'épreuve. Et c'est ce que tu fais, Ivy. Je ne veux pas te…

— … faire de mal ? acheva-t-elle en se plaçant tout contre lui. Ne sois pas stupide. Tu ne me feras aucun mal.

De toute façon, ce n'est pas de ça qu'il s'agit. Le problème, c'est que tu n'aimes pas perdre le contrôle, et c'est ce qui te tracasse réellement, non ?

— Je suis un guerrier, petite sorcière. Tu n'as aucune envie qu'un homme tel que moi perde sa maîtrise, crois-moi.

— Tu n'es pas que ça, dit-elle en posant la main sur son torse pour sentir le battement de son cœur. Tu n'es pas seulement un soldat. Il y a de la douceur en toi, de la compassion et une profonde empathie. C'est quelque chose qu'on t'a enlevé, je crois, non ?

Il promena le regard sur elle, sur son corps que la robe dissimulait à peine. Ses doigts se refermèrent rudement autour du poignet d'Ivy, et elle perçut l'accélération de son pouls.

— La compassion, je m'en moque, et l'empathie encore plus. Je suis un animal, Ivy. Et là, si tu ne t'écartes pas, je vais t'arracher cette robe et te prendre là, tout de suite…

Elle redressa le menton.

— Et si j'ai envie que tu sois un animal ? Et si j'étais un animal, moi aussi ? Tu as déjà pensé à ça ?

Il lâcha en arabe des mots durs qu'elle ne comprit pas, et il prit une inspiration brève et forte.

— Tu ne comprends pas. J'ai besoin de rester maître de moi. J'ai provoqué l'exil de ma mère, et mon père a perdu l'amour de sa vie. J'ai détruit ma famille. Je ne veux pas te détruire aussi.

Ivy renversa la tête pour plonger les yeux dans son regard farouche.

— Essaye, pour voir jusqu'où tu peux aller. Je suis plus forte que tu ne l'imagines.

Puis, avant qu'il ait pu esquisser un geste, elle se dressa sur la pointe des pieds et posa la bouche sur son cou, savourant le goût de sel et le grain velouté de sa peau.

10.

Pour Nazir, le contact de cette bouche fut pareil à l'étincelle d'une mèche allumée atteignant un baril de poudre. Il sentit qu'il prenait feu comme une torche, et il était incapable d'étouffer les flammes. Le désir de possession, la faim dévorante et le besoin éperdu qu'il contenait en lui depuis des années le submergèrent soudain.

Lâchant le poignet d'Ivy, il plongea les doigts dans ses cheveux, en emprisonna des mèches dans son poing et lui renversa la tête, puis s'empara de sa bouche en conquérant.

Elle ne s'insurgea pas, ne poussa pas un cri et se colla contre lui comme si elle avait attendu ce baiser toute sa vie. Femme insensée et téméraire ! Elle n'avait aucune idée de ce qu'elle avait déchaîné en lui, et il était trop tard pour en endiguer le flot. Si elle voulait qu'il soit un animal, eh bien, il le serait, et elle saurait vite que ce qu'elle avait dit sur sa compassion et son empathie relevait du mensonge.

Sa bouche était chaude et douce sous la sienne, et il la dévora, y enfonçant la langue et se repaissant de cette douceur. Sans cesser de l'embrasser, il empoigna sa robe en soie et tira brutalement dessus. Le tissu céda avec un bruit sec, mais Ivy n'émit aucune protestation. Elle accompagna le mouvement tandis qu'il la lui arrachait puis se lova contre lui, éperdue.

Il y eut en lui une tension extrême, puis tout céda – son sang-froid durement acquis, les leçons infligées par son père, sa froide logique. Tout se volatilisa, balayé par un désir insensé.

Sans y penser, il détacha la bouche de ses lèvres, fit pivoter Ivy entre ses bras puis la poussa à même le sol, le visage sur le bois verni de la salle. Elle eut un soupir étranglé et se releva à demi, non sans tourner la tête et lui lancer un regard torride, par-dessus son épaule nue. Un défi au prédateur qui était en lui.

Il tomba à genoux derrière elle, mit une main sur sa nuque, ses jolies fesses arrondies en forme de cœur se présentant à lui.

Il glissa son autre main entre ses cuisses, la caressa, introduisit un doigt en elle, puis un autre… Elle poussa un cri délicieux à entendre, le dos cambré, les fesses soulevées, et il la caressa. Ses contorsions de plaisir et sa chair autour de ses doigts lui arrachèrent un soupir, et il eut envie de continuer ainsi pour la faire jouir…

Mais il n'y tenait plus. Ouvrant son pantalon, il libéra son sexe durci, puis la pénétra par-derrière avec fougue.

Elle laissa échapper un cri, se tordit sous lui, sur le sol. Il eut envie de la pousser en avant, de couvrit son corps du sien pour mieux la posséder, mais il pensa au bébé et conserva cette position, jouissant de chaque poussée rude et profonde.

Il la regarda. Elle avait le visage tourné sur le côté, les joues empourprées, les yeux mi-clos et la bouche à peine entrouverte, et laissait échapper de profonds gémissements de volupté. Elle ne semblait pas se soucier d'être à même le sol, maintenue par la nuque, de recevoir ses poussées vigoureuses, emportées, sauvages… Sa petite sorcière. Sa guerrière.

Elle est à toi. Pour toujours. Jamais tu ne la laisseras partir.

Cette fois, il se laissa envahir par son désir de possession sans combattre. Il avait résisté, et résisté encore, mais c'était fini. Il la pénétra profondément, la marquant de son empreinte, la faisant sienne jusqu'à ce que la salle résonne de leurs halètements de plaisir. Sa main trouva son clitoris qu'il caressa avec douceur. Elle frémit, mais il s'obstina à la garder prisonnière, sans cesser ses poussées vigoureuses, jusqu'à ce qu'elle se torde de plaisir.

Mais ce n'était pas assez, alors il continua, plus transporté encore, et ce ne fut que lorsqu'elle eut joui une deuxième fois qu'il s'abandonna totalement à son propre plaisir, dans une explosion de tout son être…

Il lui fallut un certain temps pour revenir à lui, ensuite, et il s'aperçut qu'il s'était effondré sur elle, la couvrant de son corps. Il était comblé et n'avait aucune envie de bouger, content de rester allongé ainsi, enveloppé par sa senteur féminine, de musc et de jasmin mêlés. Et pendant un instant béni, il ne ressentit que de la paix.

Puis, peu à peu, il prit conscience de ce qui s'était passé entre eux. Il s'était laissé terrasser par la faim qu'il avait d'elle.

Voilà ce que tu es devenu. Malgré les mises en garde de ton père.

L'émotion qui lui avait noué la gorge sur la terrasse le saisit de nouveau, lui rappelant ce qu'il était, et serait toujours. Il avait les mêmes faiblesses que son père, les mêmes besoins et désirs intenses. Et les mêmes failles.

Ces failles avaient eu de terribles conséquences. N'avait-il donc tiré aucune leçon du bannissement de sa mère ? Toutes ces années à perfectionner sa maîtrise ne lui avait-elles servi à rien ?

Apparemment, il suffisait qu'une jolie femme le touche pour qu'il les oublie.

Tu ne peux pas l'avoir. Tu ne la mérites pas.

Il se sentit le cœur meurtri, tandis qu'il était allongé dans la senteur et la chaleur d'Ivy. Elle était belle, forte, pleine de vie, et son égale de toutes les façons possibles. C'était cela, le pire.

Elle était parfaite pour lui, elle était ce qu'il désirait depuis toujours. Pourtant, il ne pouvait pas l'avoir, car il ne la méritait pas, c'était vrai. Sa naissance était une erreur. Sa vie n'avait apporté que chagrin et ruine à ses parents, et à Ivy aussi il n'apporterait que chagrin et ruine.

Il l'avait déjà fait, en réalité. Elle était enceinte de lui, grossesse qu'elle n'avait acceptée que pour son amie. Et c'était par sa faute à lui qu'elle devait rester ici, et s'il lui demandait qu'elle l'épouse, c'était encore lui qui commettrait une faute. Il exercerait sur elle une contrainte.

Elle ne t'a jamais choisi, tout comme ta mère ne t'a jamais choisi.

Sa honte familière se ranima, lui retournant le cœur. Il aurait au moins dû suivre les règles que son père avait tenté de lui inculquer. Pas d'enfants. Pas d'épouse. Pas de famille. Pas de liens qui mettent la faiblesse à l'épreuve. Rien que la rude vie de soldat qui était son lot et qu'il aurait dû accepter. Jamais il n'aurait dû vouloir plus.

Nazir ferma les yeux un instant, conscient de ce qu'il lui fallait faire, même si tout son être rejetait cette idée. Car il devait instaurer de la distance entre elle et lui. Il devait recouvrer sa maîtrise, d'une façon ou d'une autre.

Avec précaution, pour ne pas lui faire mal, il se détacha d'elle et se leva. Gagnant l'endroit où gisait la robe rouge qu'il lui avait arrachée, il la lui rapporta. Elle s'était mise debout, et il l'enveloppa avec la robe en douceur, couvrant son joli corps nu.

Il aurait aimé le savourer encore un peu, car il ne la reverrait plus ainsi, mais il valait mieux qu'il s'en abstienne. Inutile de rendre les choses plus difficiles qu'elles ne l'étaient – pour lui en tout cas.

— J'ai pris une décision, dit-il d'une voix mesurée.

Après notre mariage, tu devrais vivre ici plutôt que dans la forteresse.

Elle secoua sa chevelure, tandis qu'elle rajustait la robe.

— Ah ? Pourquoi ça ?

— C'est plus paisible, plus frais. Et le désert n'est pas un endroit pour un enfant.

Elle haussa les sourcils.

— Tu ne seras pas trop loin de tes hommes, ici ?

— Non. Je ne vivrai pas ici avec toi.

Il ne pouvait rien faire d'autre. Il devait l'épouser, lui donner son nom pour la protéger et protéger le bébé, mais il ne pouvait pas s'autoriser à rester près d'elle. Elle représentait une vulnérabilité.

— Comment, tu ne vivras pas ici avec moi ? fit-elle en fronçant les sourcils.

— Je vivrai à la forteresse, là où sont mes hommes.

— Mais…

— Ma décision est prise, la coupa-t-il. Je dois rester avec mes troupes.

— Oh ! Bon, très bien. Alors, je vivrai à la forteresse. La cour est ravissante, et nous pourrons toujours venir ici en vacances. Le bébé sera…

— Non, dit-il en insistant sur ce mot.

— Comment ça, non ?

— Tu resteras ici avec le bébé. Vous habiterez ici.

La surprise se peignit sur les traits délicats d'Ivy. Puis elle plissa les paupières.

— Sans toi, c'est ce que tu veux dire ?

Il lutta contre l'homme passionné qui était en lui, le dompta, redevenant pour elle le chef de guerre.

— Je ne peux pas vivre avec toi, Ivy.

— Mais pourquoi ?

— Pourquoi ? Parce que je ne serai pas l'époux que tu attends, dit-il, n'ayant que l'honnêteté à lui offrir. Et je ne serai pas non plus le père dont notre enfant a besoin.

Elle parut abasourdie.

— Je… je ne comprends pas. Nous avons longuement parlé de la vie que nous mènerions à la forteresse et…

— Je sais, la coupa-t-il, ravalant son amertume, mais j'ai changé d'avis. Il vaut mieux pour toi et le bébé que vous soyez séparés de moi.

Comme Ivy le dévisageait, les yeux embués, il vit qu'il lui avait causé une profonde peine, et sentit son cœur se serrer de nouveau.

— Pourquoi vaut-il mieux que notre enfant se passe de son père, Nazir ?

« *Notre* enfant. » ; « *Son* père. » Cela faisait mal, très mal. Il ignora l'émotion douloureuse qui l'étreignait, la refoulant comme toutes les autres.

Ivy méritait mieux qu'un mari absent. Elle méritait un partenaire qui lui apporte ce dont elle avait besoin, et pas seulement de la passion sensuelle. Il lui fallait aussi de l'amour. Et cela, il ne pouvait pas le lui donner. Il n'en serait jamais capable.

— Parce qu'il voudra ce que je suis incapable de lui donner, dit-il avec dureté. Et comme je ne veux pas lui faire de mal, vous faire de mal à tous les deux, il vaut mieux que je garde mes distances.

Un éclat farouche avait jailli dans les yeux d'Ivy, et il se sentit envahi par le désespoir. Elle n'allait pas renoncer sans combattre, bien sûr. Elle allait lutter pied à pied, et pour les protéger l'un et l'autre il devrait être inflexible.

— Et si jamais je voulais quelque chose ? murmura-t-elle. Et si je voulais tout ?

Ivy avait l'impression que des aiguilles lui transperçaient le cœur. Devant elle, Nazir, le corps encore humide de sueur après leurs ébats, l'air impassible et dur, le regard étincelant comme la glace, la considérait en chef de guerre implacable et non en homme amoureux…

Ce n'était pas l'homme qui avait perdu la tête, magnifique dans son désir, qui l'avait transportée. Elle avait adoré ce moment où elle l'avait poussé à bout et fait basculer.

Mais elle aurait dû savoir qu'il y aurait des conséquences. Qu'il ne considérerait pas sa perte de contrôle comme le signe de leur intense entente sensuelle, mais comme une faille en lui. Et il éprouvait le besoin de s'en protéger. Parce que ce n'était pas d'elle et du bébé qu'il s'agissait, mais de lui : il voulait se mettre à l'abri.

— Eh bien, tu serais déçue, fit-il, toujours aussi dur. Je n'ai rien à te donner.

Elle ne battit donc pas en retraite, car c'était une lutteuse. Elle vint tout près de Nazir.

— Et si je te disais que je t'aime ? Que dirais-tu ?

Une flamme jaillit dans le regard de Nazir, puis s'éteignit, comme sous un flot glacé.

— Je suis désolé, Ivy. Mais cela ne changerait absolument rien.

Elle eut l'impression que quelque chose se déchirait dans son âme, une vieille blessure mal cicatrisée qui désormais ne se refermerait plus. Elle l'ignora pourtant, car il ne s'agissait pas que d'elle. Il y avait le bébé qu'elle portait, et qui avait besoin de ses *deux* parents.

— Et ton enfant ? ajouta-t-elle.

L'air dur de Nazir s'accentua encore.

— Il est capital que vous viviez tous les deux loin de moi. Si tu restais, je te détruirais et je détruirais cet enfant. Et ça, je ne peux pas l'admettre.

Malgré la vive douleur qui la traversait, elle tenta de se concentrer sur ses propos.

— Comment ça, tu nous détruirais ? Qu'est-ce que ça signifie ?

— Je suis un enfant non désiré, Ivy. La preuve vivante

de la faiblesse de mon père, et de ma mère. Je les ai détruits tous les deux rien qu'en existant.

— Mais en quoi est-ce ta faute ?

Une colère fugace passa dans le regard de Nazir, et elle entrevit la douleur qui l'habitait.

— Si j'avais respecté les règles, gardé le contrôle, tout aurait pu être différent. J'aurais pu les aider à se réunir, au lieu de les séparer. Mais je n'ai pas respecté les règles et je ne me suis pas maîtrisé. Et pour finir, ils ne se sont plus jamais revus.

Il était persuadé de ce qu'il disait, Ivy le lisait sur son visage. Et elle en avait le cœur lourd.

— Non, dit-elle d'une voix rauque, tu ne peux pas endosser la responsabilité de ce qui s'est produit. Ce n'est pas ta faute.

Il se ferma, la douleur s'effaçant de son visage redevenu d'une froideur glaciale.

— Bien sûr que si. C'était ma faute. C'est moi qui ai cédé à la colère. C'est moi qui ai agressé mon demi-frère. Et c'est moi qui lui ai livré leur secret. Personne d'autre.

— Mais tu…

— Ce qui signifie que je dois vivre pendant tout le reste de ma vie selon les principes que mon père m'a inculqués. Ne pas avoir d'enfants. Pas d'épouse. Pas de famille. Pas de liens affectifs.

Elle en eut les larmes aux yeux, tant elle avait de peine pour lui.

— Ce n'est pas une vie, cela, Nazir. C'est… le vide. Et je sais de quoi je parle, parce que c'était comme ça pour moi, avant que tu sois là.

— Alors, tu dois avoir de la reconnaissance pour ce que tu as. Tu auras notre bébé, et cela suffira sûrement.

— Non, jamais, dit-elle, la gorge nouée, le cœur si serré qu'elle en avait mal. Ton enfant a besoin de toi, Nazir.

Elle prit une grande inspiration, puis ajouta :

— J'ai besoin de toi.

Pourtant, il continua à la regarder de son air impassible.

— Le rôle d'un soldat est de protéger et défendre, et c'est ce que je ferai. Même si c'est de moi que je dois te protéger.

Un élan de colère l'emporta soudain.

— Tu penses vraiment que c'est de ça qu'il s'agit ? Me protéger ? Protéger le bébé ? Non. Tu as peur, c'est tout.

Enfin, quelque chose vacilla dans le regard glacial de Nazir. La réplique avait fait mouche.

— Je n'ai pas peur.

— Si. Tu es terrifié. Ta mère t'a brisé le cœur, et ton père a anéanti ta volonté.

De nouveau, elle fit un pas vers lui. Elle n'était plus qu'à quelques centimètres de lui.

— Eh bien ? Ose me dire que ce n'est pas vrai.

Il la regarda, froid et indifférent.

— Mon cœur, il y a des années que je m'en suis amputé, et quant à ma volonté mon père ne l'a pas anéantie. Il l'a créée. Il m'a appris à la renforcer. J'ai un temps oublié ses leçons, mais je m'en souviens, maintenant.

Le regard brouillé par les larmes, Ivy sentit sa colère se dissiper aussi vite qu'elle était venue.

— Tu continues à considérer l'amour comme une vulnérabilité, Nazir, dit-elle d'une voix enrouée. Mais ça n'en est pas une. Je t'aime, j'aime notre enfant et je ne me sens pas vulnérable. L'amour me rend forte. Comme si je pouvais soulever des montagnes, conquérir le monde !

— Ce n'est pas l'expérience que j'ai connue, dit-il sans hausser le ton.

— Alors, dit-elle en relevant le menton, je ne peux pas t'épouser, Nazir. Et nous ne pouvons pas vivre ici, en exil dans les montagnes comme ta mère a été exilée d'Inaris.

Il la regarda fixement, sans rien laisser transparaître, plus glacé que jamais.

— Tu as raison. Dans ce cas, il vaut mieux que tu rentres en Angleterre. Je fournirai de l'argent pour le bébé et une protection pour toi, bien sûr.

— Bien, dit-elle à voix basse, en levant les yeux vers lui. Si tu veux qu'il en soit ainsi, je ne discuterai pas. Et je ne me battrai pas non plus, pas cette fois. C'est ton choix, Nazir, pas le mien. Je t'aurais choisi, si tu me l'avais permis.

Le regard de Nazir étincela.

— Mais je ne veux pas être choisi, Ivy. Désolé.

Il n'y avait rien à répondre à ça. Elle lui avait ouvert son cœur, s'était donnée à lui, et il ne voulait pas d'elle. Que pouvait-elle y faire ?

Tu n'y peux rien. Personne n'a jamais voulu de toi.

Ivy ravala ses larmes, et son chagrin. Elle adressa un bref signe de tête à Nazir, puis tourna les talons.

11.

Devant la fenêtre de son bureau, Nazir regardait dans la cour. La fontaine gazouillait, tout était tranquille. C'était une scène paisible et, en temps normal, Nazir n'y aurait même pas pris garde, trop concentré sur son armée, ses hommes, les opérations qu'il préparait. Or, à présent, il ne voyait que ce qui manquait à ce tableau. Il aurait dû y avoir là une femme déterminée, à la bouche sensuelle, une femme qu'il avait faite sienne, puis laissée sortir de sa vie un mois plus tôt.

C'était ce qu'il fallait faire, alors du diable s'il savait pourquoi il pensait encore à elle !

Il l'avait fait escorter par deux de ses meilleurs hommes pour qu'elle ait une protection discrète, et avait contacté les meilleurs médecins en Angleterre pour savoir comment se déroulait sa grossesse. Il avait viré de l'argent sur son compte en banque – auquel elle n'avait pas touché – et l'avait aidée autant qu'il pouvait. Il n'avait plus à se soucier d'elle.

Pourtant, au cours du mois écoulé, il s'était senti étrangement vide, comme si une part vitale de lui-même était venue à lui manquer, ce qui n'avait pas de sens. Il n'avait rien donné à Ivy, alors, pourquoi avait-il la sensation qu'elle lui avait pris quelque chose ? Il n'en avait aucune idée.

Sur un point, il était cependant satisfait : il avait cessé d'éprouver la nostalgie douloureuse que provoquait toujours la présence d'Ivy. Il ne ressentait rien, ce qui était un soulagement.

Il perçut une conversation derrière lui, des voix masculines couvrant le murmure de la fontaine, et soudain il eut un fol accès de rage, surgi de nulle part.

— Sortez ! ordonna-t-il sèchement, sans se retourner.

Un silence absolu se fit derrière lui.

— Mais, commandant…

Nazir se retourna et balaya du regard ses officiers de haut-rang avec un déplaisir intense. Il ne voulait pas de ces hommes ici. Il ne voulait pas de la chaleur du désert. Il n'avait eu droit qu'à la rudesse pendant toute sa vie, et il en était las. Il voulait entendre le murmure de la fontaine, contempler les buissons et les fleurs. Il voulait…

C'est elle que tu veux.

— Sortez, répéta-t-il sans hausser le ton. Tous.

Ses hommes ne se le firent pas dire une fois de plus. Il aurait dû se détendre, mais ce n'était pas le cas, car il revoyait Ivy. Ivy dans sa robe rouge transparente. Ivy sous lui, criant de plaisir. Ivy lui tenant tête. Ivy lui disant, le visage empreint de tristesse, qu'elle l'aimait…

Pourquoi pensait-il sans cesse à elle ? S'il n'avait songé qu'à l'avoir dans son lit, à sa bouche ardente, à son joli corps autour de lui, il aurait compris. Mais ce qui lui occupait l'esprit, c'était elle, et le chagrin dans sa voix quand elle avait évoqué son amie. Ses accents chaleureux quand elle avait parlé du bébé.

De *leur* bébé…

Il eut l'impression qu'une flèche lui transperçait le cœur, ravivant une blessure à vif dont il niait la douleur depuis un mois. Il se mentait, bien sûr, car elle était bien là, et elle était aiguë. Il en était touché jusqu'à l'âme.

Ivy lui avait dit qu'elle l'aimait. Elle avait livré ce sentiment intime sans hésitation, et s'était rendue si vulnérable.

« L'amour me rend forte », avait-elle dit. Et sur le moment, il n'avait pas pu le concevoir, surtout pas en voyant la souffrance qui habitait le regard d'Ivy. Pourtant, à présent… il voyait clair. Oui, il y avait de la force dans la vulnérabilité. Car il fallait de la force et du courage pour s'ouvrir à quelqu'un et risquer d'être blessé, rejeté. Pour lui, Ivy avait dû prendre un risque, se mettre en danger. Et elle l'avait fait.

Oui, elle l'avait choisi, lui, Nazir. Elle s'était ouverte à lui, Nazir, lui avait livré son cœur et son âme. Elle lui avait fait confiance…

Et tu as tout gâché.

Nazir ferma les yeux, honteux. Il l'avait traitée comme son père le traitait autrefois, comme si les sentiments qu'elle éprouvait ne comptaient pas, étaient sans valeur. Et c'était un comportement de faible, de lâche.

Mais peut-être n'avait-il jamais été qu'un faible et un lâche.

Tout à coup, il perçut nettement le choix qui s'offrait à lui. Il pouvait continuer comme avant, se sentir fort dans sa citadelle imprenable et agir dans l'ombre. Continuer à être le double de son père, au fond.

Ou bien, il pouvait emprunter une voie différente de celle que son père lui avait inculquée. S'ouvrir au monde, céder enfin cette ultime part de lui-même.

Il pouvait opter pour l'amour. Choisir Ivy.

Nazir rouvrit les yeux, envahi d'une intense nostalgie d'Ivy, de sa présence, de son esprit combatif. Pour l'enfant qu'ils avaient engendré ensemble, fût-ce à leur insu. Pour la famille qu'il avait toujours désirée et, au fond de son cœur, cru ne pas mériter.

Cette fois, il laissa déferler en lui ce désir, le laissa chasser la honte et la souffrance. Et il sourit, parce que sa petite sorcière avait raison, comme toujours. L'amour n'était pas une faiblesse, c'était une force. Avec ce sentiment-là, il pouvait déplacer les montagnes, conquérir le monde.

Non qu'il désirât conquérir le monde. Il voulait seulement triompher des démons qui lui rongeaient le cœur. Et alors, peut-être, il pourrait donner ce cœur à la femme dont il s'était probablement épris à la seconde où il l'avait vue.

Il était possible qu'elle ne veuille plus de lui, mais il voulait qu'elle sache qu'il la choisissait, qu'il se donnerait à elle tout entier. Et si elle le piétinait, eh bien, il ne l'aurait pas volé !

Il était temps pour lui de quitter les murs de sa forteresse, de sortir de son repaire, de l'ombre, pour entrer dans la lumière.

— Mademoiselle Dean ! Il y a une énorme voiture dans la rue ! s'écria un des plus jeunes ados accueillis au foyer, en entrant en trombe dans le bureau d'Ivy. Et elle s'est arrêtée juste devant !

Ivy leva les yeux de son tableur en se massant les tempes. Elle avait mal à la tête, et son mois d'insomnies commençait à peser sur elle. Elle ne savait pas ce qui était pire : ne pas trouver le sommeil parce que Nazir lui manquait, ou être hantée par lui dans ses rêves lorsqu'elle s'endormait enfin. En tout cas, c'était difficile.

— Qu'est-ce qu'il y a, Gavin ? demanda-t-elle en essayant de tempérer son intonation. Que veux-tu dire par « énorme voiture » ?

Gavin se précipita à la fenêtre sur rue et lança en tendant l'index :

— Regardez ! Là !

Ivy se leva avec un soupir pour le rejoindre, puis se figea, le cœur battant à se rompre.

Une longue limousine noire était garée en bordure du trottoir, et plusieurs personnes en descendaient. Des gardes en beaux uniformes noir et or, au nombre de quatre. Deux se placèrent de part et d'autre de l'allée, un troisième scruta la rue pour repérer tout danger, le quatrième ouvrit la portière de la limousine sous les regards curieux des enfants qui jouaient sur le bas-côté de la route. Les ados qui vapotaient et buvaient des canettes en écoutant de la *dance music* cessèrent leurs bavardages.

Il sembla à Ivy que le temps s'était arrêté. Ce n'était tout de même pas… ? Non, impossible…

Un homme descendit de la limousine, si grand et puissamment bâti qu'elle n'eut plus aucun doute. Il portait un uniforme semblable à celui des gardes, où la seule note dorée, en revanche, était la broche accrochée sur son torse, en forme de soleil stylisé.

Ivy n'avait jamais rien vu de plus beau. Elle eut les larmes aux yeux alors qu'*il* portait le regard sur le foyer, le dernier d'une série de bâtiments mitoyens d'un des quartiers les plus modestes de Londres. Parce que c'était *lui*, bien sûr. Ces traits masculins d'une beauté rude, ces yeux turquoise… Nazir.

— C'est un roi ? fit Gavin, fasciné. Qu'est-ce qu'il fait ici ?

— Bonne question, dit-elle d'une voix étranglée, le cœur si emballé qu'elle peinait à trouver son souffle. Oui, pourquoi était-il là ? Il l'avait renvoyée, laissée partir. Elle lui avait offert son cœur, et il n'en avait pas voulu…

Elle s'écarta de la fenêtre et retourna s'asseoir à son bureau, la gorge serrée. Si elle l'ignorait, il s'en irait peut-être.

On frappa à la porte d'entrée.

— Je vais ouvrir ! cria Gavin, qui partit au pas de course avant qu'elle ait pu le retenir.

Elle resta assise, le cœur tremblant, les yeux pleins de larmes, partagée entre la colère et l'amour. Elle ne voulait pas voir Nazir. Plus jamais.

Des voix masculines, graves et profondes, résonnèrent dans le hall, puis Gavin reparut, menant le groupe de gardes, Nazir à leur tête.

— Elle est là ! fit-il d'un ton triomphant en désignant Ivy.

— Merci, dit Nazir à Gavin. Sors avec mes hommes, tu veux bien ? Ils ont des choses pour toi.

— Des choses ? lâcha Gavin, méfiant. Lesquelles ?

— Si tu veux le savoir, il faut que tu les suives, pas vrai ?

Le garçon s'éclipsa en un éclair, les gardes refermant la porte derrière eux, laissant Ivy seule avec Nazir. Pendant un bref instant, une forte tension envahit la pièce. Puis, de façon totalement inattendue, Nazir tomba à genoux devant le bureau d'Ivy. Elle le dévisagea, sidérée.

— Mais… mais que fais-tu ? parvint-elle à dire, la voix tremblant sous l'effet du chagrin et du choc.

Il la dévisagea, et il n'y avait rien de glacial dans son regard, cette fois. Ses yeux brillaient, ardents, clairs et farouches.

— Je suis venu t'offrir tout ce que je suis, Ivy Dean. Mon armée, ma forteresse, mon argent, et chaque part de moi-même. Ils sont à toi.

Elle cilla, tentant de respirer normalement.

— Qu'est-ce que tu veux dire ?

L'expression de Nazir changea soudain.

— Je veux dire que j'ai essayé, petite sorcière. J'ai essayé de vivre comme mon père me l'a enseigné. Sans rien avoir. Sans rien vouloir. Mais je n'y arrive plus du tout. Tu ne quittes plus mes pensées. La nuit, je te cherche à côté de moi. Quand je regarde la cour de la forteresse, je désire t'y voir. Je te veux désespérément.

Lentement, Ivy se leva. Elle tremblait.

— Je ne comprends pas. Tu m'as renvoyée. Tu disais…

— J'avais tort, la coupa-t-il, sa voix grave vibrant d'émotion. J'avais tort en tout, et tu avais raison. C'est ma peur qui t'a privée de moi, et pas seulement : il y avait ma honte aussi. J'ai été pendant des années le secret honteux de mes parents, qu'il fallait cacher à tout prix. Je ne pouvais jamais manifester mes émotions, qui auraient pu les trahir, et mon père me le rappelait sans cesse. J'avais honte de moi. Honte de mes émotions. Et le seul moyen de gérer ça, c'était d'avoir le contrôle. Mais… tu n'as jamais eu honte, petite sorcière. Tu as accueilli tes sentiments intimes et me les as montrés avec force et courage. Tu m'as fait voir que c'était un choix. Que je pouvais choisir une vie meilleure, sans honte ni peur.

Il y avait une émotion intense sur les traits de Nazir, et Ivy en était toute retournée.

— Une vie avec toi, continua-t-il. C'est pour ça que je suis venu. Je suis ici pour te choisir, Ivy. Je sais que tu pourrais avoir changé d'avis à mon sujet, mais j'ai voulu te dire que je t'aime. Mon cœur et mon âme t'appartiennent, totalement.

Ivy tremblait de la tête aux pieds.

— Mais…

— Je vais renoncer à mon armée. Je vais arrêter de rendre la vie impossible à Fahad et quitter Inaris. J'ai décidé d'acheter une maison à Londres pour y vivre. Si tu ne veux pas me voir, tu es libre. Mais je tiens énormément à voir mon enfant si…

Elle recouvra enfin ses esprits et, contournant son bureau, gagna l'endroit où il s'était agenouillé sur le tapis. Puis, lui enveloppant le visage des mains, elle le fit taire en prenant sa bouche.

Puis Nazir se leva d'un mouvement puissant, et elle se retrouva dans ses bras, protégée, enveloppée de sa chaleur. Leur baiser gagna en intensité, en exigence, et elle sentit que Nazir ne retenait rien, laissant s'exprimer le besoin qu'il avait d'elle. Alors, elle lui rendit la pareille, pour lui faire comprendre qu'elle le voulait et n'avait jamais voulu que lui.

— Non, murmura-t-elle, je n'ai pas changé d'avis. Je te veux tout entier, comme je suis toute à toi. Je t'aime, Nazir. Et tu n'as pas à renoncer à quoi que ce soit pour moi. Je te veux tel que tu es, avec ton armée, ta forteresse et le reste !

Nazir l'embrassa encore, avec une fougue accrue.

Peu à peu, Ivy prit conscience du brouhaha qui se faisait entendre de l'autre côté de la porte.

— Qu'est-ce qui se passe là-dehors ?

— J'ai apporté des cadeaux aux gamins. Ça les occupera pendant que je m'occupe de toi.

Elle eut un élan de bonheur, même si ses joues s'étaient empourprées.

— Vraiment ? Ici ? Maintenant ?

— Oui, dit-il avec un regard de feu. Ici, tout de suite. Verrouille la porte, petite sorcière. Laisse-moi te montrer comme je t'aime.

Ce qu'il fit. Et dans les bras de Nazir, elle trouva enfin ce qu'elle cherchait depuis toujours. Un foyer. Une famille. Et, plus important que tout, l'amour.

Épilogue

Ivy commença à avoir des contractions au moment où elle et Nazir revenaient d'une agréable et longue promenade dans un des villages pittoresques des Cinque Terre, sur la Riviera italienne. Il mobilisa aussitôt la petite équipe médicale qui se tenait prête à sa demande, à la grande contrariété d'Ivy : elle allait seulement mettre au monde un bébé !

Il la conduisit à l'hôpital le plus proche, et resta auprès d'elle tandis qu'elle donnait naissance à leur enfant. Elle avait vu juste : c'était bel et bien un garçon !

Beaucoup plus tard, alors que Nazir tenait son fils au creux de son bras et entourait sa femme de l'autre, un contentement tel qu'il n'en avait jamais ressenti se répandit en lui.

Il avait renoncé à son armée, la confiant à son commandant en second ainsi que la forteresse, et désormais Ivy et lui dirigeaient une entreprise caritative consacrée à l'aide et au bien-être des enfants en danger. Il ne regrettait rien. Vraiment rien.

— Alors, que dirais-tu d'une fille ? lança-t-il.

Ivy gémit.

— Mais… je viens de mettre notre fils au monde !

Mais après un temps, elle se nicha contre lui.

— Pourquoi pas ? Si tu es d'accord pour l'appeler Connie.

Nazir n'y voyait aucun inconvénient.

Et il n'en vit pas davantage lorsque Connie vint au

monde escortée d'une jumelle, qu'ils baptisèrent Cora. Ni lorsqu'un petit garçon les rejoignit quelques années plus tard – une surprise tout à fait spéciale.

Car il n'était plus un cruel chef de guerre, ni le bâtard d'un sultan réfugié dans une forteresse imprenable.

Il était le mari d'Ivy al-Rasul et le père de quatre beaux enfants. Et tous ses désirs étaient comblés.